Yves COURAUD

Demain Paradis

Roman

© *Editions du Cavalier Vert, Paris- 1997*
ISBN : 2-908057-10-7
(Pour la première édition)

© *Books on Demand GmbH- 2009*
12/14 rond point des Champs Élysées, 75008 Paris,
France
ISBN : 978-2-8106-1682-4

A Cécile,
compagne des jours et des nuits,
infiniment

A Basile et Bertille,
pour que demain leur soit paradis.

Du même auteur

Poèmes

Les Céciliennes (Les Presses du Lys-1976)

Memora (Les Presses du Lys-1977)

Les Chimères Intérieures (Les Presses du Lys-1979)

Cris d'Horizon (Les Presses du Lys-1979)

Etoiles et Tripôt (La Presse à Epreuves-1982)

Divergences (La Lune Bleue, éditeurs-1986)

Textes Poétiques 1974-2002 (Le Manuscrit.-2002)

Mush, (D'Ici & d'Ailleurs-2009)

Nouvelles

Huit Nouvelles d'Ailleurs (Le Manuscrit-2001)

Historiettes, récits (B.O.D-2009)

Romans

Demain Paradis (Editions du Cavalier Vert-1997)

Une Ecriture Américaine (Ed du Cavalier Vert-1999)

Cinq Siècles (Editions du Cavalier Vert-2001)

Le Guerrier Souriant (Ed du Cavalier Vert-2004)

Avertissement

Demain Paradis, premier roman de l'auteur est paru initialement aux Editions du Cavalier Vert, à Paris, en 1997. Il est aujourd'hui réédité aux Editions Books on Demand, 12/14 Rond Point des Champs Élysées, 75008 Paris.

LIVRE 1

I

Sans la lueur bizarre qui flottait dans la prunelle du type d'en face, Log ne se serait sûrement pas méfié. Il n'aurait sans doute jamais connu la campagne.
- *Agent Bennit, sécurité nationale. Vous êtes bien Logart Pinson ?*
- *Oui. Qu'y-a-t-il pour votre service ?*
- *Rien, rien, deux, trois petites questions. On s'est aperçu, à la sécurité, que de drôles de messages passaient sur le réseau, des messages ... disons subversifs... Comme vous êtes le responsable - concept du réseau, je viens vous voir.*
- *Des messages subversifs ? C'est quoi cette foutue histoire ? Les gars qui bossent ici sont tous triés sur le volet, aucun ne pourrait faire çà. Quel genre de messages ?*
- *Des petites phrases du style " le bonheur est en vous, pas dans l'état " ou bien " allez-voir ailleurs si vous y êtes " etc...*

Log se gratta le coin de la narine. Il réfléchissait. Lui aussi avait remarqué ces incrustations dans le réseau, depuis deux semaines, tous les jours à heure fixe, quelqu'un balançait des trucs, des trucs qui l'avaient bien un peu troublé; il y avait pensé et il sentait bien que le type qui écrivait çà avait raison. Ici en ville, dans LA VILLE, on crevait d'ennui. Comment lui, Log, principal concepteur du réseau Panet, comment en était-il arrivé là ? Au début, douze ans auparavant, quand le président Chandor s'était auto-élu, on lui avait demandé, en tant qu'expert en réseaux informatiques, de mettre en place Panet, le réseau officiel de la doctrine de Chandor, la doctrine de l'Heureusité. On lui avait donné tous les moyens techniques, financiers et humains pour réaliser Panet, et pendant plus de deux ans, il était resté comme un moine-guerrier, cloîtré au fond du bureau immense qu'il occupait dans la caserne de la sécurité. Deux années d'absolue recherche et de travail acharné ... à aucun moment, il ne s'était interrogé sur le but du réseau qu'il concevait, simplement il s'étonnait de la présence constante d'un commissaire du gouvernement qui vérifiait tout. Le recrutement des jeunes informaticiens l'avait aussi surpris, tous sortaient de l'Académie militaire supérieure de La Ville. La voix froide de l'agent Bennit le fit sursauter:

- *Bon, si vous avez du nouveau ou des doutes sur quelqu'un, faites moi signe, on s'en chargera. A bientôt, Mr Pinson, on se reverra sans doute ...*

Log frissonna à la tonalité presque menaçante des paroles de Bennit et il ne savait pas pourquoi. Il ignorait qu'un jour, il aimerait vraiment la campagne. Les jours suivants, Log capta de nouveaux messages. Il décida de

trouver d'où ils provenaient. Grâce au programme de captage qu'il avait écrit dès le début de l'expérience Panet ce fut un jeu pour lui de localiser la source d'émission: il fut sidéré. On émettait du dehors, de l'extérieur de La Ville, à environ quatre cents kilomètres au nord. D'abord il fut interloqué, des gens vivaient ailleurs, mais qui, et pourquoi. La doctrine ne prévoyait pas cela; le bonheur, c'était La Ville, rien ne manquait, et si on avait le blues, les détecteurs de tristesse vous repéraient et vous envoyaient un agent psycho-médical de la commission spécialisée de la sécurité. Deux ou trois mots, dix minutes de transfert virtuel et la vie redevenait rose, la vie idéale; plus de problèmes. Personne n'avait faim, personne n'avait froid, le président Chandor veillait sur tout et sur tous. Log s'attarda sur le dernier message " *écoute ta profondeur et respire* ". Qui balançait çà sur Panet ? Au vu des analyses de décryptage, on se servait d'un vieux modem et d'un processeur complètement dépassé, mais Log sentait le talent derrière tout çà, ce type savait se servir d'un ordinateur, et bien. Il se prit à rêver sur " *sa profondeur* ", il ne pouvait pas se détacher de ces mots là, il entrevit une suite à son existence actuelle, il eut comme un malaise, un poids sur la poitrine. Il respira un grand coup.
L'agent Bennit lui tapa sur l'épaule.
- *Alors Mr Pinson, du nouveau ?*

Log s'arrêta un instant sur les lèvres minces, tranchantes, de Bennit.
- *Oui, il semblerait que quelqu'un émette depuis l'extérieur. On essaie de localiser précisément. Je vous tiens au courant.*
- *Vous avez l'air fatigué, Mr Pinson; quelque chose qui ne va pas ?*
- *Non, non, on a simplement bossé toute la nuit pour trouver ce gus. Un petit café me fera du bien.*
- *A bientôt Mr Pinson, et ...reposez-vous.*
Une fois de plus Log crut percer une menace, il se sentit fragilisé, coupable, sa peur montait, lui glissait doucement entre les jambes, comme un serpent, lui rampait sur le ventre, lui bloquait les tripes. Il sentait sa profondeur. Il sut qu'il allait partir, il devait fuir.
Aimerait-il la campagne ?

***

Çà avait été facile de sortir de La Ville. Aucun contrôle de la sécurité au passage du poste de surveillance à la limite Nord. Le jeune soldat l'avait laissé passer d'un signe de la main, sans problème. Log conduisait doucement, profitant du ronron rauque du moteur électrique de sa voiture. Plus de fumées toxiques à l'échappement, plus de bruits, la gestion électronique de la conduite interdisait les accidents, le résultat appliqué à l'auto de l'Heureusité. Chandor avait pensé à tout. De temps en temps, pour se faire vibrer un peu, les gens de La Ville jouaient sur des vieux simulateurs de conduite qui dataient d'avant, des temps barbares. La sécurité fermait les yeux, elle en avait même installés dans différents centres de jeux virtuels aux quatre coins de la ville. Mais la décharge électro-psychique qu'on se prenait en cas d'accident vous dissuadait de faire le fou. Et puis on était bien, la douceur de vivre dans La Ville vous coupait l'envie d'une émotion forte; pour les sentiments, c'était pareil; plus de crimes passionnels, même une simple altercation avec votre femme ou votre mari vous donnait droit à la visite d'un professionnel du transfert virtuel. Tout était pour le mieux, tout était simple et tranquille. Log prit soudain conscience qu'il roulait seul sur la route; elle serpentait maintenant entre des arbres d'un vert profond, plantés sur des prairies qui n'en finissaient pas de se succéder sous le vent. Il déconnecta la climatisation et ouvrit la vitre. Un parfum sauvage agressa ses narines, un parfum de bois et d'herbes, un parfum prenant, âcre. A moitié tétanisé, comme ivre, il arrêta la voiture, juste au pied d'un groupe de rochers lissés par le temps. Il sortit; chacun de ses pas faisait craquer la poussière du sol, il flottait. Il se rappela furtivement l'histoire du premier homme sur la lune, sa mémoire lui ressortait de drôles de choses; pourtant il avait été débriefé, "*blanchi* " lors de son entrée comme expert à la sécurité, on avait gommé ses souvenirs de l'avant, comme pour s'assurer de sa fidélité à l'Heureusité. Un flux chaud et puissant lui parcourait le corps, ses extrémités lui faisaient mal, il fallait qu'il bouge, qu'il court, qu'il s'épuise; l'envie de grimper les rochers le propulsa au pied du granit usé; sa main crocheta une première aspérité, puis une autre, il s'élevait sans effort, comme poussé vers le haut par un souffle invisible. Une dernière racine l'aida à atteindre le sommet des pierres monolithiques; vidé, il resta allongé longuement sur la roche. Chauffé par le soleil, il ignorait ses muscles douloureux, les écorchures saignantes de ses doigts. Il se sentait vivant, terriblement vivant. Plus d'une heure passa avant qu'il ne se lève, poussé par la curiosité; un cri perçant et modulé lui fit lever les yeux: un rapace tournoyait semblant le jouet du vent, mais d'un coup il piqua et foudroya de ses serres un malheureux lapin qui passait là . Log fut émerveillé du contrôle total de l'oiseau, fantastique machine à être libre... Il avança, regard perdu vers le ciel, savourant à l'extrême ce moment de vie et de mort, suivant l'ascension vertigineuse du rapace vers son nid, là haut, tout en haut ...

Arrivé au bord du vide, il sentit trop tard la roche s'effriter sous son pas, et il tomba pour s'écraser sept mètres plus bas. Log émergea. Une envie de vomir lui tordait l'estomac, comme le soir de beuverie où on lui avait enfoncé deux doigts dans la bouche, histoire d'éviter les ennuis avec les vigiles du comité de salubrité qui patrouillaient la nuit dans La Ville, repérant les poivrots qu'ils rééduquaient à grands coups de matraques électriques - dans La Ville , l'alcool était interdit- inutile l'alcool quand on est heureux...

Puis il perçut sa douleur, elle vrillait sa jambe, juste en dessous du genou, une sale douleur qui vous prouve quand même qu'on est bien vivant. Allongé sur le ventre il essaya de se retourner pour constater les dégâts; ce qu'il vit lui fit tourner de l'oeil: de sa jambe à l'équerre sortait un morceau blanc et rougeâtre d'os mélangé à la terre, mais surtout, l'intensité du regard de la fille penchée sur lui, son visage, son souffle, sa main ...

II

L'envie de croquer quelques délicieuses noisettes avait conduit Hamaris au pied des grands rochers gris qui délimitaient la Zone. Après cette frontière naturelle, c'était l'inconnu, le monde hostile et surtout le commencement du territoire de ceux de La Ville. Le Vieux Poca lui avait raconté des histoires anciennes qui parlaient de soldats, de massacres, et de l'arrivée d'un homme qui avait posé sur le monde sa volonté et sa force. Depuis personne ne se souvenait d'avant; l'homme de fer, Chandor, avait volé leur mémoire à tous, excepté à Poca et quelques autres qui s'étaient enfuis très vite vers la campagne. Chandor avait bien envoyé des troupes pour les tuer ou les enfermer comme esclaves au coeur de la ville, dans la prison centrale de la sécurité. Mais Poca le rusé, encore jeune alors, réussissait à déjouer chaque nouvelle attaque, en se confondant avec les arbres, les pierres et même dit-on avec le vent. Les soldats repartaient bredouilles; alors Poca et son petit groupe frappaient avec précision et efficacité. La troupe était saignée brutalement, au détours d'un chemin, à l'entrée d'un ravin. Les corps sans vie des soldats marquaient le passage de Poca sans que lui ou les siens soient visibles. A la longue, la peur s'installa chez les jeunes recrues et la sécurité estima que somme toute, quelques fous dans la nature ne pouvaient réellement mettre en danger la doctrine. Depuis ils vivaient dans la Zone, sans être dérangés ou agressés; Poca savait cependant qu'un jour Chandor viendrait les anéantir tous ici; il ne pourrait plus supporter longtemps qu'on défie son pouvoir, qu'on bafoue la Doctrine.

Une première noisette craqua sous la dent d'Hamaris; ravie, la jeune femme en fourra de pleines poignées dans le sac de cuir souple qu'elle portait à son côté. La vieille Mégi lui avait demandé de ramener quelques herbes et ces gros champignons joufflues, si fins et forts à la fois, qu'on trouvait au pied d'un chêne, près des rochers. Elle se dirigea en fredonnant un vieil air du sud que sa mère lui chantait le soir pour l'endormir; c'est en sortant du petit bois qu'elle aperçut l'étranger au bord du vide, sur les grands rochers; quand il tomba elle ne put retenir un cri; poussé par la curiosité elle se précipita vers le corps inanimé qui gisait dans les broussailles. L'homme pouvait avoir dans les quarante ans, grand et sec, les cheveux coupés courts. Il portait un costume qu'Hamaris trouvait bizarre, à vrai dire elle n'avait pas souvenir d'avoir déjà vu un vêtement pareil à celui-là. Elle se pencha sur l'inconnu. Il bougea et ouvrit les yeux, l'air hagard; il regardait sa jambe qui avait une drôle de position; une vilaine blessure, pensa

Hamaris. Quand l'homme tourna la tête vers elle, elle lut dans son regard une détresse et une surprise totale. Il s'était évanoui. Hamaris s'élança vers le village; il fallait aider cet homme; Poca saurait quoi faire, et la vieille Mégi, avec ses herbes et ses emplâtres saurait bien le guérir.

***

Une douce chaleur enveloppait sa jambe meurtrie; Log se força à ouvrir les yeux, ne sachant trop ce qu'il allait découvrir autour de lui. Le visage fin de la fille le rassura sur la réalité des choses: il vivait, çà allait plutôt bien, il ne souffrait plus ou presque. Aux côtés de la jeune femme se tenaient une vieille sans âge et un homme âgé lui aussi, mais bourré d'énergie. Il irradiait.
- *Bonjour, étranger. Te sens-tu mieux à présent ?*
Log ne répondit pas tout de suite. La voix lui pénétrait les os; on sentait qu'il pouvait lire dans vos pensées, avec lui, il fallait être clair, ne pas tricher.
- *Je suis Poca, reprit la voix; Hamaris t'a trouvé au pied des rochers; que t'est-il donc arrivé étranger ? Tu viens de La Ville, n'est-ce pas ? Raconte.*
Log avala sa salive et commença son récit. Il raconta tout, les messages sur le réseau, les

visites de la sécurité et sa fuite vers la campagne.
- Ici, dit Poca, tu ne crains rien de la sécurité, ici tu es dans la Zone, notre monde, un monde libre. Tu peux vivre avec nous, si tu le désires, à moins que tu ne préfères retourner là bas ?
A vrai dire, Log ne savait pas qu'il allait faire. Rester ici ? Repartir ? Il préféra s'endormir, oubliant dans le sommeil le passé et son futur.
Les jours glissèrent. Log voyait sa jambe retrouver sa vigueur et sa mobilité avec stupéfaction; la vieille Mégi concoctait une sorte de baume noirâtre, épais et visqueux; trois fois dans la journée elle massait sa blessure avec une infinie douceur en psalmodiant des mots inconnus; elle semblait parler aux os et à la chair; la vie revenait, vibrante et chaude, toute douleur disparue. Entre les soins, Poca ou Hamaris lui rendaient visite. Si Hamaris se contentait de l'observer, Poca lui parlait; sa voix étrange, pleine de force, remplissait Log d'un sentiment de sécurité et de bien-être; le vieux, que tous ici respectaient, fit un récit précis de l'histoire de sa communauté. Quand Chandor avait pris le pouvoir, des années auparavant, Poca, alors maire de La Ville, avait tenté de négocier dans la paix un statut de ville autonome. La réponse de Chandor fut l'annexion de La Ville et l'exécution de tous les conseillers et de leurs familles. Chandor avait immédiatement mis en

place la sécurité; pendant de longs mois, ses sbires avaient traqué et massacré tous ceux qui auraient pu s'opposer à son pouvoir; comme chaque fois dans l'histoire, quand la Bête se réveille, médecins, professeurs, juges, avocats, syndicalistes furent abattus froidement au nom de l'ordre nouveau; les livres furent brûlés, les bibliothèques détruites. Chandor et ses hommes gommaient systématiquement toute trace de mémoire. Après une période de terreur, Chandor installa une société où les besoins de chacun - nourriture , logement , loisirs - furent satisfaits très vite; la mise en place du réseau Panet, abreuvant La Ville de sa doctrine, fut le point final à sa conquête du pouvoir; les hommes, repus, avaient oublié l'avant. Ils étaient gras et heureux, la sécurité veillant sur leur bonheur. Le monde d'avant Chandor, avec ses fragilités et ses spasmes, son chômage, ses drogues et ses révoltes, laissait la place à une forteresse de bien-être. Tous s'y fondirent, dans une sorte d'innocence fétide. Poca avait compris très vite que le salut viendrait de la fuite; avec quelques familles, sa femme Mégi et son fils Horden, il avait filé vers le nord, trompant les patrouilles de soldats et les barrages de la sécurité. Cette nuit là, ils abandonnèrent définitivement leur vie d'avant, ils fuyaient le cauchemar, n'emportant dans leurs bagages qu'un seul trésor: la Mémoire. Ils marchèrent près d'une semaine, se cachant le jour, avançant la nuit, simplement obnubilés par la nécessité de survivre. Quand ils parvinrent au pied de grands rochers gris, Poca sut qu'ils avaient trouvé l'endroit pour s'installer; cette barrière de roches, c'était pour lui leur nouvelle frontière, la clef d'une nouvelle vie. Le groupe escalada les blocs de granit un peu avant l'aurore. Les rayons rouges et rasants du soleil naissant venaient lécher les visages de ceux qui grimpaient, faisant ressortir sur leurs traits la fatigue et l'espoir. Parvenus au sommet ils descendirent lentement de l'autre côté; ils foulaient un nouveau monde, ayant le sentiment gravé au profond d'eux-mêmes d'avoir réussi l'impossible, rester libres. Au delà des rochers s'étendait une forêt traversée de part en part par une rivière à l'eau fraîche et poissonneuse. Poca appela Yamé, celui qu'on appelait « *le guerrier* », pour l'envoyer en reconnaissance.

-Sois là dans deux heures; de ta vie dépend la notre. Va et trouve l'endroit où nous bâtirons notre village.

Yamé le guerrier, silencieux, hocha la tête en guise d'acquiescement et partit à petites foulées souples. De tout son corps se dégageait une impression de puissance, il semblait fait de bambou mêlé au métal. Déjà, à plusieurs reprises, Poca et les autres avaient pu constater le courage et l'efficacité en combat de Yamé; il paraissait réfléchir et réagir plus vite que ses adversaires, devinant les attaques et les précédant. D'ailleurs, la troupe de soldats qui les avait suivis pendant les trois premiers jours de leur fuite savait à quoi s'en tenir: Yamé l'avait décimée, surgissant de nulle part et frappant avec une vitesse et une précision inconnues de ces soldats lourdement harnachés et trop confiants dans leurs armes automatiques. Poca laissait Yamé semer la panique dans les rangs des soldats, et quand ceux-ci se reprenaient, il lançait une attaque massive avec ses hommes; Yamé guettait les fuyards, leur tordant le cou à la première occasion. La troupe des rebelles fut bientôt surnommée " *les Résisteurs* " par les hommes de la sécurité qui commençaient à hésiter sérieusement à les poursuivre.

Au fil des mois, les incursions de la sécurité se firent de plus en plus rares et puis un jour, elles cessèrent tout à fait. La vie dans le village, bâti au milieu des arbres et se confondant avec eux, prit un tour paisible; les hommes commencèrent à défricher quelques parcelles de terrain, les femmes et les enfants semèrent du maïs sauvage, des patates douces, et quantité d'autres légumes. Yamé, accompagné de Horden, chassait et pêchait. La vieille Mégi réconfortait et soignait avec bonheur les malades et les blessés. Elle avait entrepris de transmettre son savoir à la petite Hamaris, une enfant de dix ans, que le groupe avait recueillie lors de sa fuite hors de La Ville; toute sa famille avait péri, exécuté par les tueurs de Chandor. Hamaris apprenait vite et Mégi se surprenait à être admirative devant l'instinct exceptionnel d'Hamaris pour tout ce qui touchait les soins. Sans l'angoisse de voir un jour réapparaître les soldats donneurs de mort, Poca aurait sans doute décidé de construire de vraies maisons, un grand four pour les pains et les galettes de maïs et même pourquoi pas, une maison d'école. Mais il sentait qu'il leur fallait toujours rester en éveil, être prêt à tout moment à fuir et à se battre. Aussi, chaque jour, envoyait-il Horden et quelques autres en haut des rochers d'où ils surveillaient l'horizon. Yamé, quant à lui, enseignait l'art du combat à mains nues et les ruses de la guerre à tous les hommes jeunes du groupe. Chacun, du plus petit enfant à la vieille Mégi, était un maillon de la chaîne, uni par la nécessité de vivre. D'années en années, des couples se formaient, des enfants naissaient et grandissaient. Aujourd'hui, la population du village comptait cent quatre personnes dont vingt-quatre enfants. Poca cessa de parler, laissant à Log le temps de s'imprégner de leur histoire.

- C'est incroyable, dit Log, vous avez recréer une société, une vraie société où chacun a sa place et son rôle, mais ici pas de contrôle, pas de transfert virtuel, pas de sécurité ....

- Tu devrais te reposer un peu, demain je t'emmènerai au coeur de notre secret, je te présenterai notre arme absolue contre Chandor. Et tu comprendras combien ici, nous avons besoin de toi.
Log encaissa la dernière phrase de Poca au creux de l'estomac; besoin de lui ? C'était la première fois de sa vie qu'on lui disait çà. Il frémit; et si lui Log n'était pas à la hauteur de leurs espoirs ?

III

Tôt le lendemain matin, Poca entra dans la petite salle au sol de terre battue qui servait d'infirmerie à Mégi. Log finissait de manger une délicieuse préparation à base de céréales et d'une sorte de confiture d'un jaune vif, sucrée et fruitée qu'Hamaris lui avait apportée quelques jours auparavant.
- *Comment vas-tu, mon ami ?* lui lança Poca. *En forme pour une petite marche? Il nous faudra environ une heure pour arriver là où je t'emmène.*
— *Çà va bien, merci.*
Log sentait l'émotion lui serrer la gorge. Poca l'avait appelé " mon ami "; il semblait lui donner toute sa confiance, toute sa sympathie.
- *Alors partons,* jeta Poca en tournant ses pas vers la porte.
A la sortie du village, ils bifurquèrent à l'est, droit vers une colline boisée d'où émergeaient par endroit des pointes de granit rouge. Log marchait presque normalement; la cicatrice de sa blessure n'était plus sensible qu'au toucher. Il lui avait fallu à peine dix jours pour se remettre; Mégi lui avait dit que le baume qu'elle utilisait était un mélange de certaines herbes et d'un goudron naturel qui affleurait dans une caverne, à quelques centaines de mètres du village. Ils empruntaient un chemin tracé au milieu de larges fougères qui

tremblaient sous le vent; de grands arbres au tronc rectiligne s'espaçaient suffisamment pour que leurs branches les plus hautes forment, en s'effleurant, un dôme végétal d'où filtrait une lumière dorée. Poca avançait à grandes enjambées, régulièrement; il posait son pied à l'endroit exact où il semblait vouloir le poser, sûr du chemin et sûr de lui. Ils n'avaient pas échangé un mot depuis leur départ, tout entiers concentrés dans leur marche, leurs pas se rythmant mutuellement, fondus dans l'harmonie de leur mouvement. Pas un insecte, pas un oiseau ne furent dérangés par leur passage, ils glissaient comme glisse l'eau du fleuve, naturellement, sans troubler ni le temps, ni l'espace ... Enfin, Poca s'arrêta au pied d'un orme immense. L'arbre était le bout du chemin, la porte du secret. Poca fit le tour de l'énorme tronc et invita Log à le suivre en hochant la tête; il lui montra un trou entre deux racines, assez grand pour laisser passer un homme et s'engouffra en rampant, disparaissant de la vue de Log.
- *Par tous les saints !* jura Log.
Il hésitait, l'idée de ramper sous l'arbre, comme pour s'enfoncer dans la terre lui fit frissonner l'échine. Un appel lointain de Poca le décida. Il s'allongea et passa la tête entre les deux bras des racines. Stupéfait, il découvrit une sorte de couloir, suffisamment haut pour se tenir debout; le couloir descendait en pente douce

en tournant sur lui-même, à l'image de la spirale d'une coquille d'escargot. Log se redressa et resta un long moment à contempler le perfection du lieu; il eut soudain un choc: il faisait clair, on voyait comme en plein jour et pourtant il était sous terre.

- *Etonné, non ?* Poca était revenu vers lui, un sourire malicieux aux lèvres.

As-tu déjà vu pareille merveille ? Cet arbre est millénaire, au fil des siècles, son tronc s'est creusé sans porter atteinte à sa croissance et à sa force. Je l'ai découvert par hasard - mais le hasard existe-t-il - lors de notre installation ici. Creuser la terre sous ses racines nous a pris deux ans.

-Mais pourquoi faire ? Pourquoi ce travail, et pourquoi SOUS l'arbre ?

-Suis-moi, tu vas comprendre.

Log emboîta le pas à Poca; ils suivirent la spirale éclairée pendant deux ou trois minutes et tout à coup, ils débouchèrent dans une salle rocheuse d'environ vingt mètres de long sur quinze de large. D'abord Log remarqua l'écran de contrôle d'un ordinateur et puis il perçut le léger ronflement du ventilateur de l'unité centrale - un vieux modèle, pensa-t-il -, ensuite il détailla tous les périphériques, un modem, un scanner, une imprimante, tout ce matériel datant visiblement d'au moins une quinzaine d'années. Ce n'est qu'au bout de quelques instants qu'il s'aperçut de la présence d'un petit homme rondouillard et jovial; il souriait manifestement devant la perplexité de Log.

- *Salut , moi c'est Moc* lança le petit homme.
- *Je m'appelle Log et ...*
- *Oui, oui, je sais. Tu es Log, mauvais grimpeur, râleur, un peu ivrogne, mais le plus génial informaticien que cette terre ait jamais porté ... n'est-ce pas ?*

Log avait l'impression qu'on connaissait tout de lui, de sa vie dans La Ville, de son passé, il se sentit brusquement mal à l'aise, comme piégé.

- *Ne t'inquiète pas, mon ami, si nous avons eu besoin de nous renseigner sur toi, c'est simplement pour être sûr, sûr que tu accepterais de nous aider.*

Poca parlait d'une voix posée, pleine de sincérité. Log se dit qu'il allait enfin tout savoir; sa gêne se dissipa.

- *Vous allez tout me dire, maintenant.*

Log susurra ces mots d'une voix blanche. Il était dans la peau du gamin qui va ouvrir son premier cadeau d'anniversaire. Qui aurait-il dans le paquet ?

- *Avant toute chose , commença Poca , il faut que tu saches qu'ici tu es à près de quarante mètres sous la roche rouge que tu voyais tout à l'heure, pendant notre marche. Cette grotte possède deux entrées, celle que nous avons empruntée - et celle là nous l'avons creusée et éclairée à l'aide du générateur électrique qui se trouve dans une seconde salle, un peu plus haut, - et l'entrée naturelle qui se trouve près du village. C'est là que Mégi va chercher son bitume. Si je t'ai fait prendre le plus long chemin, c'est qu'il fallait que tu prennes le temps de découvrir ta propre profondeur, ton propre rythme, il fallait que tu sentes ta nature au sein de la Grande Nature. Et puis souvent, les chemins courts manquent de vérité, il faut quelquefois très longtemps pour aller à l'essentiel. Maintenant, ce bon Moc va t'expliquer; assied-toi et écoute, écoute et entend nous.*

Moc s'avança vers Log avec une espèce de grande valise dans les bras. Il la posa sur une petite table encombrée de papiers et l'ouvrit. A l'intérieur s'entassaient côte à côte une grosse liasse de papier -listing noircis de caractères, et plusieurs dizaines de disquettes informatiques. Log ne comprenait pas .

- *Ceci,* lui dit Moc d'un ton ému, *ceci est la mémoire du monde. Depuis des années, j'écris le souvenir de l'avant et l'histoire de notre groupe. Chaque jour, je m'assois sur ce fauteuil et je ferme les yeux; je m'ouvre à la mémoire universelle et je tente de la transcrire sur le papier, puis je la sauvegarde afin de ne jamais la perdre. Mon travail peut te paraître fou, inutile, et pourtant, mot après mot, idée après idée, je reconstruis pour d'autres ce que Chandor leur a volé.*

Viscéralement ému, Log mesura le travail de titan qu'avait entrepris Moc et la dose infinie d'amour contenue dans ce drôle de petit homme. Mais sa présence à lui, Log, dans quel but ?

- *J'y viens* murmura Moc, comme s'il avait deviné. *Avant de partir de La Ville, tu as remarqué les messages sur le réseau. C'est d'ici que je les envoie, avec cette vieille bécane. Seulement, je n'arrive pas à passer les codes d'accès du réseau population; jusqu'ici, je n'ai abreuvé que les écrans des différents centraux de la Ville; et ce qui m'intéresse, c'est de toucher les habitants ... Une grande bouffée d'air qui les réveillera. Si ça marche, Chandor et ses tueurs n'en auront plus pour longtemps; vingt millions d'habitants qui se révoltent, çà va faire boum !!* Moc termina sa phrase dans un immense éclat de rire. C'était donc çà, *les Résisteurs* projetaient de casser la tyrannie de Chandor en se servant contre lui de son arme: le réseau.

- *Alors, Mr Logart, des questions ? Ou bien, si tu veux, Mr Logart, on commence tout de suite à travailler, j'ai tous les programmes des codes d'accès, tu as les clefs de décryptage; entre nos mains, la liberté ...*

Log se gratta le coin de la narine. Il s'assit devant le clavier.

IV

Log s'attela au décryptage des codes d'accès avec une énergie qui l'étonna lui-même. Chaque matin, il s'asseyait devant l'ordinateur avec une sorte de ferveur qui grandissait de jour en jour. D'autant plus qu'il réussit rapidement les premiers décodages, et que Moc jubilait, à ses côtés, en proie à un délire verbal qui laissait Log tordu de rire pendant de longues minutes. Pourtant, dès le quatrième jour, les difficultés commencèrent. Ceux de La Ville, des techniciens de haut niveau formés en partie par Log, contre-attaquaient en changeant aléatoirement les codes d'accès. Tomber sur le bon code à déchiffrer devenait de plus en plus difficile, voire impossible. Il s'aperçut très vite, au grand désespoir de Moc qu'il n'avait pratiquement qu'une chance sur dix millions pour parvenir à faire correspondre ses programmes-clés et les codes. Il décida de porter son attaque sur le terrain de ses adversaires: si les combinaisons aléatoires étaient leur tasse de thé, il jouerait également sur l'aléatoire. Il s'appliqua à lancer un seul programme clé sur le réseau, auquel il adjoignit un détecteur de signature choisi au hasard sur la liste des codes; il espérait que son tandem agirait à la manière d'un missile à tête chercheuse, fouinant dans les multiples combinaisons et trouvant la bonne. Retenant sa respiration, il appuya sur la touche d'entrée du clavier. Au même moment, sur le moniteur, apparurent les symboles lumineux qui indiquaient la progression de son envoi sur le réseau. Une minute s'écoula dans un silence seulement troublé par leurs souffles oppressés et par le ronronnement de l'unité centrale. Leur hurlement de joie vibra dans l'atmosphère lourde de la caverne, une fenêtre venait de s'ouvrir à l'écran: " *Vous êtes sur le réseau Panet, entrez vos commentaires en sélectionnant votre unité. Merci*". Moc sortit une première disquette de la valise et l'inséra dans le lecteur. Il envoyait le premier message de liberté intégrale à des millions de ses semblables qui ignoraient jusqu'à son existence. Des hommes, des femmes, des enfants allaient redécouvrir l'émotion que procure l'évocation du passé, leur mémoire endormie jaillirait en eux, fontaine de vie libérant une cassure irréversible dans les consciences. Leurs retrouvailles avec la vie entraîneraient Chandor et ses sbires à la catastrophe. Moc tremblait. Saisi d'une fureur vengeresse, il introduisait les disquettes comme des chargeurs dans une arme de précision, sa volonté tendue dans le seul but de faire mouche et d'abattre sa cible. Log, fasciné par le spectacle, ne perçut pas tout de suite la présence d'Hamaris. La jeune femme se tenait derrière lui, à l'entrée du couloir en spirale.

Quand elle lui toucha le bras, il sursauta, comme électrisé.

D'un doigt sur la bouche, elle lui fit signe de ne pas révéler sa présence et le prenant par la main, l'entraîna vers le fond de la grotte. Un escalier naturel donnait sur petite salle qui abritait le générateur dont Poca lui avait parlé . Hamaris, guidant toujours Log, l'amena devant la machine.

-*Ce générateur fonctionne grâce au soleil,* fit-elle rêveusement. *Il est relié à des centaines de petits capteurs installés au faîte des grands arbres. C'est Moc qui les a conçus et fabriqués.*

Log se rendit compte que c'était la première fois qu'Hamaris lui parlait; il éprouvait un certain plaisir à l'écouter, à la regarder aussi...Hamaris lui sourit, quittant l'air grave et lointain qu'il lui connaissait pour dévoiler un visage respirant de douceur. Son regard vert le liquéfia, il semblait sonder son âme, y chercher une faille où s'engouffrer. Log eut la sensation d'être décortiqué, mis à nu jusqu'à l'os, sans pouvoir se détacher de l'emprise de ces yeux indéfinissables. Hamaris rompit l'envoûtement en éclatant de rire, puis s'approchant, l'embrassa avec délice.

V

Log travaillait comme un fou heureux. Certains jours, il décryptait plusieurs codes d'accès et envoyait de nouveaux messages; Moc et lui oeuvraient avec une jubilation qui les emplissait d'une plénitude quasi religieuse. Sa liaison avec Hamaris qu'il retrouvait chaque soir achevait son bonheur; il se sentait porté par une énergie sans limite, il découvrait enfin sa raison d'être. Un abîme le séparait maintenant de son passé dans La Ville; il goûtait la vérité des choses, tous les pores de sa peau s'ouvrant à l'infini par la réalité surprenante d'une caresse ou d'un baiser. Les communiqués internes de la sécurité qu'ils parvenaient à capter sur le réseau, faisaient état de troubles graves dans La Ville. Chandor avait ordonné à ses troupes d'ouvrir le feu sur des rassemblements d'habitants de certains quartiers qui voulaient des explications sur les messages; certains avaient même demandé la démission de Chandor et des élections libres. Moc se dit qu'ils touchaient au but, le temps était venu de passer à la phase deux de l'opération. Il demanda à Log de l'accompagner chez Poca. Ils trouvèrent Poca en grande discussion avec Yamé et Horden. Les deux jeunes hommes semblaient très excités. Poca conservait un visage impassible, seul la flamme qui allumait sa prunelle trahissait son agitation intérieure.

- *Poca, commença Moc, il est temps d'entamer la seconde phase de l'opération. Les habitants de La Ville sont excédés, il faut porter la guerre là bas !*

-*Du calme , Moc. Yamé et Horden ont repéré des soldats à moins de deux heures d'ici, vers le sud. Ils ont établi un campement et n'avancent plus. Je ne sais pas ce qu'ils mijotent mais çà semble sérieux. J'ignore pourquoi ils n'attaquent pas, on dirait qu'ils veulent simplement nous empêcher de quitter la Zone. Pour l'instant, Moc, pas de seconde phase, nous ne pouvons pas nous permettre un affrontement avec eux; ils sont trop bien armés, trop nombreux. Agissons avec notre tête et notre ruse, comme nous l'avons toujours fait.*

-*Non, il est temps de se battre ! Assez de paroles ! Nous avons l'avantage de la surprise et nous pouvons leur causer de grandes pertes.* Yamé avait presque crié ces derniers mots. Sa nature de guerrier lui commandait d'agir, tous ses muscles vibraient d'impatience.

-*Yamé a raison,* lança Moc. *Il faut se battre, maintenant !*

-*Non, ce serait une erreur; il faut attendre, et laisser venir le temps de la vengeance à l'heure choisie par la vengeance. Ma colère et ma haine valent les vôtres, mais patience ...*

Sachons attendre la faille. Chandor est prêt à tout pour nous éliminer, ne lui offrons pas nos vies sur un plateau. Nous n'irons pas au combat, pas tout de suite.
Le ton de Poca était sans appel ... Yamé baissa la tête et sortit brusquement de la pièce, suivi par Horden. Moc voulut parler, Poca le coupa:
- *Inutile d'insister Moc. Je sais ce que je fais. Il n'y aura pas de sang versé aujourd'hui.*
Moc avait blêmi, il ravala sa salive et ajouta:
- *Es-tu si sûr de toi, pour n'écouter que toi-même ?*
-*Continue ton travail, Moc, il faut affaiblir la sécurité de l'intérieur même de La Ville. Il faut gangrener, ronger les racines de Chandor. Quand il sera suffisamment affaibli, quand il ne pourra plus contrôler la situation dans La Ville, alors nous agirons; mais pour le moment, c'est trop tôt; en nous narguant avec ses soldats à nos portes, il veut nous faire sortir et nous battre sur SON terrain. Nous n'avons aucune chance face à leur armement; ici, il sait bien qu'il ne peut rien faire, nous connaissons trop les moindres cachettes, ici la nature est notre meilleure alliée. Aie confiance, ma stratégie nous donnera la victoire à coup sûr, si nous savons attendre.*
Moc n'était pas convaincu. Poca serait-il trop vieux ? Sa vigueur d'antan l'aurait-elle quitté ?

Sans jeter un regard, il quitta Poca resté seul avec Log.
-Et toi, Log, qu'en dis-tu ? Crois-tu qu'il faille attendre ou se battre ?
- Je comprends leur envie d'en découdre. Sur le réseau, nous avons appris que Chandor entame une répression sanglante dans La Ville. Moc a du mal à supporter; il se sent responsable de tout cela, il veut aider les habitants à lutter contre la sécurité, faire cesser les massacres. Je le comprends.
-La mort de ces habitants est notre meilleure arme, Log. Chandor ne pourra pas indéfiniment continuer la tuerie. Il va s'épuiser; nous lui porterons le coup de grâce.
Log fut révulsé par ces propos. Ainsi, Poca se servait-il des vies humaines comme d'une massue destinée à ébranler le pouvoir de Chandor. Un goût amer dans la bouche, Log rejoignit Moc dans la caverne. Moc n'était pas seul; Yamé et Horden lui montraient sur une carte l'endroit où se trouvait le camp des soldats.
-Avec vingt hommes décidés, je peux détruire une grande partie de leur matériel et envoyer la moitié de leurs soldats dans le monde des morts, grogna Yamé. *Il suffit de les surprendre. Le matin, j'ai remarqué qu'ils étaient moins vigilants, comme s'ils s'attendaient à une attaque de nuit. Si tu es*

d'accord, Moc, nous attaquerons demain avant l'aube.
- Ne crains-tu pas la colère de Poca ? As tu pesé tous les risques de l'opération ? Et si Poca avait raison sur la tactique ?
Log parlait en sachant bien que leur décision était prise. Personne ne les arrêterait, ni lui, ni même Poca. Et puis Poca manquait d'audace. Il ajouta:
-Je vais avec vous, il faut se battre.
Les quatre hommes restèrent longtemps à préparer l'attaque. Puis Yamé alla choisir vingt volontaires et leur donna rendez-vous le lendemain, au pied des grands rochers gris. Toute l'action devait rester secrète. Personne, en dehors des guerriers concernés ne devait savoir. Log, en retrouvant Hamaris, ne lui souffla mot de rien. Leur nuit fut douce, chacun d'eux s'enivrant de l'autre. Dehors, le vieil orme bruissait sa plainte, ses dernières branches tendues vers les étoiles.

VI

Les ombres silencieuses des combattants escaladaient les rochers à la lueur du soleil levant. Ils devaient faire vite; arrivés sur la plate-forme rocheuse, Yamé tendit les jumelles à Log qui scruta l'horizon; il trouva facilement le camp et le matériel à environ deux kilomètres. Hormis deux sentinelles postées aux abords, tout semblait encore endormi. Yamé divisa le groupe en quatre, la consigne étant d'attaquer en même temps, en surgissant de tous les côtés. Chaque homme disposait d'un fusil d'assaut, d'une réserve de munitions et de quelques grenades. Yamé et Horden brandirent une arbalète, elle porterait une mort silencieuse chez les sentinelles.

Sur un signe de Yamé, les hommes se dispersèrent, se coulant dans les buissons comme des fauves en chasse. Log accompagnait Moc qui suait sang et eau pour suivre le rythme des guerriers entraînés. Ils étaient maintenant à moins de cent mètres des sentinelles. Un sifflement déchira l'air, aussitôt suivi d'un second: les deux gardes gisaient, la gorge transpercée par les traits précis de Yamé et d'Horden.

Presque en même temps des explosions et des tirs d'armes rapides éclatèrent aux quatre coins du camp. Rien ni personne ne bougeait; il faisait grand jour maintenant et Yamé comprit:

les sentinelles étaient des leurres, aucun soldat ne se trouvaient ici. On les avait bernés. La vérité éclata dans le crâne de Log avec la violence d'un coup de poing; si les soldats les avait attirés ici, c'était pour mieux attaquer le village, laissé sans défense ou presque. En hurlant, il se précipita vers les rochers, vers le village, vers Hamaris. Yamé se maudissait, Poca avait eu raison, une fois de plus, et lui, pauvre imbécile prétentieux, il serait responsable de la fin du village, si les soldats l'avaient attaqué.

***

L'agent Bennit tremblait de rage. Personne, il n'avait trouvé personne dans le village. Ses hommes cherchaient partout aux alentours, rien, pas la moindre trace de vie. Il décida d'attendre le retour *des résisteurs* partis attaquer le camp. De ce côté là, sa tactique avait été parfaite, ces idiots s'étaient précipités dans la trappe, çà le consolait un peu de sa déconvenue. Il ordonna aux soldats de se cacher partout dans le village, de façon à pouvoir tirer en feux croisés sur les arrivants. L'effet de surprise serait total, ils abattraient un maximum de ces rebelles. Il les haïssait de toute son âme, et maintenant il était sûr que Logart Pinson, le responsable du réseau en fuite, vivait parmi eux, un traître, une petite ordure de traître, il lui ferait payer très cher sa trahison. Sa main nerveuse caressait le manche en corne du poignard, il lui mettrait les tripes à l'air en le faisant souffrir longtemps. Bennit était comme fou, mais il réussit à maîtriser sa violence, peu à peu il reprit son calme glacé, son regard de métal fixant l'orée de la forêt. Un vague murmure, les pas d'une troupe qui approchait ... Bennit donna ses dernières consignes, plus rien ne bruissait dans le village, les mâchoires du piège prêtes à claquer...

Yamé surgit le premier, suivi de trois guerriers essoufflés par leur course. La première balle le frappa à l'épaule, le stoppant net dans son élan. Il s'effondra quand un deuxième projectile lui pulvérisa le genou. Il voyait tomber ses hommes autour de lui, fauchés par les tirs des armes automatiques. Quelques minutes plus tard, un silence de fin du monde écrasait le village. Quinze rebelles étaient morts, déchiquetés par les balles des soldats embusqués. Yamé, incapable de bouger, vit s'avancer Bennit, un sourire de triomphe lui barrant la figure.

- *Alors, mon salaud, çà fait mal ? Tu vas crever, je vais te crever, tu vas regretter d'être né, crois-moi !*

Yamé eut le temps de voir la lame du poignard s'enfoncer jusqu'à la garde. Bennit l'éventrait, sauvagement. Le guerrier mourut sans un cri, fixant la cîme des arbres comme pour s'y raccrocher, détaché de la douleur ignoble qui l'envahissait, il se rendait à la mort, pas à Bennit .

***

Log, ralenti dans sa course par sa jambe encore fragile et par Moc qui n'en pouvait plus, déboucha de la forêt au moment où les soldats déclenchaient leur tir. Instinctivement, il se jeta au sol, imité par Moc et les cinq hommes qui les suivaient. Il vit ses compagnons tomber les uns après les autres, tournant sur eux-mêmes comme des pantins désarticulés. Quand Bennit s'avança pour achever Yamé, Log se jura de le venger, submergé par l'horreur et par la haine.
Il roula à l'abri d'un buisson d'épines, entraînant Moc vers la forêt, seul refuge immédiat.
- *Sauvez-vous et retrouvez mon père,* murmura Horden, *les yeux en feu. Vite, foncez à la rivière, traversez la. A huit cent mètres en aval, il y a un passage à gué. Nous les occuperons.*
- *Et vous, vous ne pourrez pas tenir longtemps, il faut nous suivre !*
- *Tirez vous, on saura bien s'en sortir, allez, filez !*

Log et Moc se mirent à ramper vers la rivière, de toutes leurs forces. Les premières salves retentirent alors qu'ils parvenaient au bord de l'eau. Les hautes herbes aquatiques leur permettaient de se tenir debout, ils prirent leur course sans se retourner, sachant bien que les cinq guerriers se sacrifiaient pour leur survie.

Ils suivirent la berge jusqu'à ce qu'ils trouvent le gué. Moc s'effondra, épuisé. Log le chargea sur ses épaules, il n'aurait jamais cru avoir tant de ressources, tant de forces en lui. Il s'engagea dans l'eau fraîche qui lui montait à la cuisse et malgré le poids et la difficulté de la marche dans l'eau, il progressa très vite et atteignit la rive opposée en quelques minutes. Au loin, les tirs s'étaient tus. Log songeait à Horden et aux autres avec tristesse. Tout çà sentait la fin, la fin d'un rêve généreux haché menu par la folie de pouvoir d'un homme. Pourtant quelque chose en lui se révoltait à l'idée d'abandonner l'espoir. Il lui fallait retrouver Poca, Mégi, Hamaris, tous ceux qui s'étaient enfuis et avaient dû trouvé refuge dans la grande forêt. Il secoua Moc qui semblait avoir suffisamment récupéré pour continuer. Ils s'enfoncèrent dans le sous-bois, avec leur instinct pour seul guide.

VII

Poca sut tout de suite que Yamé et les autres allaient agir. Un tressaillement d'amertume le parcourut. Décidément les hommes manquaient singulièrement d'intelligence et de sagesse. Le piège tendu par la sécurité sautait aux yeux, quelle mouche avait donc piqué le guerrier d'habitude si posé et circonspect ? En parlant avec Log peu après, il avait deviné que lui aussi partirait se battre, que même Moc, son vieux compagnon allait désobéir, trahissant une confiance vieille de quinze ans. Etait-ce leur colère ou la folie qui les poussait ainsi vers la catastrophe ? Il ne pouvait plus rien pour eux, ils avaient choisi, à lui de sauver ceux qui restaient, les femmes, les enfants et les hommes dont Yamé n'avaient pas jugé utile qu'ils se battent. Poca souffrait, le goût de l'échec s'insinua en lui; toutes ces années à construire, à bâtir, étaient -elles vaines ? A la pensée de son fils Horden qui risquerait sa vie dans quelques heures, sa vue se troubla. Les années d'enfance défilèrent dans sa mémoire, remplie des cris de joie du garçonnet pêchant son premier poisson, éclat d'argent tendu victorieusement vers Poca, des longues heures d'études auprès de Moc qui lui enseignait les secrets de la nature, le langage des plantes et des arbres, la course des astres dans la nuit. Poca souriait tristement. La mémoire, source du passé et fondation du futur était quelque fois une compagne bien cruelle.

Il s'ébroua, aspergeant la pièce de son angoisse. Sa décision était prise, il fallait se replier loin, très loin, dans le ventre fécond de la forêt.

***

Les premières gouttes d'eau s'écrasèrent en rafale sur le visage de Log. Sa barbe naissante, en les retenant, les déviait sur son cou, il frissonna. La pluie d'une violence soudaine, traversait les frondaisons et venait labourer l'humus déjà gras du sol. Ses bottes collaient à la terre détrempée, arrachant à chaque pas une pleine truelle de boue noirâtre, lourde des millions de saisons mortes qui l'avaient engraissée. Ils abordèrent le flan d'un petit monticule d'où pointait une crête de latérite, rouge et tranchante. Log distingua avec peine une forme floue qui émergea sur la crête. En se rapprochant, il fut terrifié: un soldat se tenait là, à cinquante mètres d'eux. Il ne les avait pas vus, la tête tournée vers l'autre versant. Il avait négligemment posé son fusil d'assaut contre le tronc gluant d'humidité d'un jeune chêne. Ils s'aplatirent, s'assimilant du mieux qu'ils purent aux branchages qui jonchaient le sol. Moc fit signe à Log qu'il allait contourner le promontoire rocheux et que lui devait ramper vers l'homme en restant toujours derrière lui. Log voulut protester mais Moc filait déjà au ras des herbes, il semblait avoir retrouvé sa forme physique, la pluie l'ayant lavé des fatigues du jour. Log commença à glisser, s'arrangeant pour rester hors du champ de vision du soldat. Il était maintenant à moins de cinq mètres, il se détendit d'un bond, les mains crochetées vers la nuque qui s'offrait, immobile. L'homme sentit le déplacement d'air au dernier moment et se retourna d'un bloc, stupéfait devant le spectacle de Log enduit de boue des pieds à la tête. Les doigts de Log se refermèrent sur la gorge, cherchant le battement des carotides, l'homme se débattait et d'un coup de genou au bas ventre, il jeta Log sur le côté. Sonné celui-ci mit cinq secondes à réagir, évitant de justesse la lame du poignard de combat qui déchira sa manche. Les deux hommes, soufflants, se retrouvèrent debout, face à face. Le jeune soldat ajusta son arme, raffermissant sa prise, sûr à présent de tenir son ennemi. Il frappa à toute allure, vers le coeur, ne rencontrant que le vide. De ses quatre vingts kilos, Moc venait de renverser Log, lui évitant une mort certaine. Tétanisé par la surprise, le soldat fit volte face. Il ne vit jamais le visage de Moc qui lui asséna le coup terrible d'une branche noueuse. L'homme s'écroula en grognant, touché à mort. Moc se tourna pour vomir, la mine blanche et défaite.

Log ne parlait ni ne bougeait, prostré devant la face écrasée du jeune homme.

-On ramasse le fusil et les munitions, il était seul dans le coin, mais à mon avis d'autres peuvent venir. Remets toi mon vieux. Il faut qu'on continue, allez !! marche.

Moc parlait d'une voix blanche, comme s'il se forçait à paraître serein. Ses mains tremblantes trahissaient pourtant son désarroi devant la mort qu'il venait de donner. Log se releva, perclus de douleurs, et regarda Moc avec un mélange d'admiration et de dégoût, il cherchait en lui la force suffisante pour mettre un pied devant l'autre, sans penser, surtout sans penser. Le vent se mêla bientôt à la pluie, ralentissant encore leur avancée. Même la terre paraissait plus lourde sous leurs semelles, aspirant leurs pas comme pour les retenir malgré eux.

***

Horden et ses quatre hommes rapidement submergés par le feu nourri des militaires, ne purent résister très longtemps. Dès les premiers échanges, trois d'entr'eux furent tués par les tirs précis des tireurs de Bennit. La lutte étant trop inégale, la douleur de voir ses amis gisant sans vie trop forte, Horden comprit qu'ils devaient se rendre s'ils voulaient avoir une infime chance de survivre. Il agita son foulard au dessus de lui, pour signifier sa

reddition. Son compagnon, à bout de nerfs, sanglotait, secoué par des spasmes de terreur, le visage enfoui dans ses bras. Les coups de feu cessèrent. Horden, se leva prudemment, jetant son arme devant lui. Bennit, le regard glacé, envoya dix soldats qui amenèrent les deux rebelles face à lui. Il triomphait, le fils de Poca représentait une prise de choix, une carte maîtresse dans le jeu mortel qui l'opposait au vieux chef.
- *Tu es mon prisonnier, désormais tu m'appartiens. Nous verrons si ton père acceptera l'échange que je lui proposerai.*
- *Quel échange ?*
- *C'est très simple, jeune idiot ! Sa vie contre la tienne. Tu viens de me donner la solution à mes problèmes. En abattant Poca, c'est toute la résistance que j'abats. Je te remercie vraiment.*
Horden écoutait Bennit avec la peur au ventre. Si Poca agissait comme Bennit le supposait, tout serait perdu. Il devait à tout prix s'échapper.
- *Mais c'est de toi dont j'ai besoin, Horden, pas de ton ami.*
Bennit prononça ces dernières paroles d'un ton dur et cassant, une nuance de plaisir sadique perçait dans sa voix.
-*Ton ami n'est que de la vermine et la vermine on doit l'exterminer, c'est une question de salubrité...*

D'un geste d'une froideur terrifiante, il sortit un pistolet à la crosse nickelé et tira à bout portant sur le compagnon d'Horden.
-Un cafard, un misérable cafard, un de moins.
Paralysé par l'horreur, Horden fixait le trou béant sur la poitrine, sentant poindre en lui une panique sans fond.
Un garde le poussa sans ménagement vers un petit appenti où l'on stockait du bois l'hiver. Les cloisons encore toutes imprégnées de l'odeur de la sciure, la chaude intimité du lieu redonnèrent un soupçon de force à un Horden désemparé qui commençait là une longue captivité.

LIVRE 2

I

Toucher du doigt le paradis, en soupçonner les contours plein de promesses heureuses, et bâtir à l'orée du futur des marches solides, pour y entrer de plein pied, fier du travail accompli, mais humble devant l'oeuvre.

En résumant ainsi les quinze dernières années de sa vie , Poca y vit un trait d'union attachant la mémoire à des lendemains radieux ...

Mais le tranchant d'une volonté sans borne venait de cisailler l'espoir. En envoyant Bennit et ses sbires sur le village, Chandor avait déraciné la graine d'où devait naître une liberté nouvelle.

Non content du massacre et de la capture d'Horden, Bennit s'était donné comme ultime plaisir de raser le village. Méthodiquement, chaque maison fut détruite, chaque lopin de terre cultivée saccagé; le système de capteurs solaires réduit à néant. Par miracle, les soldats n'avaient pas découvert la salle sous le grand orme; l'ordinateur était intacte, mais sans alimentation électrique.

Poca et les siens s'étaient enfoncés profondément dans la forêt en suivant le cours de la rivière. Ils s'installèrent dans une clairière, élevant des huttes de branchages et des tentes de fortune, recréant un semblant de village. Mégi s'affairait auprès de tous, prodiguant soins et réconfort, Hamaris l'aidait, silencieuse, refermée sur elle-même, puisant dans le travail un antidote à sa douleur d'avoir tout perdu, le village, sa vie paisible, ses amis morts le jour de l'attaque et surtout Log disparu elle ne savait où.

Un matin qu'elle puisait de l'eau sur la berge, elle crut discerner sur la surface l'ombre du visage de Log. Il semblait épuisé, amaigri. A ses côtés Hamaris distingua nettement un uniforme; il était donc prisonnier lui aussi ... La vision s'estompa, laissant la jeune femme interloquée; elle courut à la cabane qu'occupait Mégi et lui raconta en haletant ce qu'elle avait vu. Devait-elle y croire ou était-ce son imagination et l'absence de Log qui lui jouaient des tours ?

- Mais bien sûr ma petite fille, il faut y croire . Depuis toujours, je sais que tu as la faculté de sentir et de voir les choses et les événements, ceux du passé et ceux qui vont se produire. Tu as en toi le vrai pouvoir, celui de lire dans le temps et dans l'espace. Chaque homme avait ce pouvoir, il y a très longtemps, presque tous l'ont perdu, moi y compris. L'amour que tu portes en toi pour cet homme a rempli toute ton énergie, et quand elle s'ouvre à la grande énergie du monde, elle cherche seule - et trouve- son énergie soeur, celle de Log .

-Mais alors, nous pourrions communiquer , nous parler, je saurais enfin où il se trouve,

ce qu'il fait. Je pourrais l'aider à revenir vers nous . Oh Mégi, dis moi comment faire !
- Je ne peux rien pour toi, Hamaris, c'est toi et toi seule qui détiens les clés de ton monde. Cherche et tu trouveras, demande et tu obtiendras. Et même si je voulais t'aider, j'en serai bien incapable, personne ne peut vraiment guider l'existence d'un autre homme, tout au plus pouvons-nous fortifier l'autre en lui donnant de l'amour ou de l'amitié, mais prendre en charge son histoire, jamais, ce serait contraire à loi fondamentale: tu es seule avec toi-même. N'oublie jamais qu'être seul n'est pas triste, mais quand on s'aperçoit de cela, il suffit juste d'un peu plus de courage que les autres jours pour aller puiser l'eau ou pour faire le pain. Juste un peu plus.
Hamaris n'entendait plus Mégi. Désormais elle était sûre de retrouver Log et sa soudaine certitude la submergeait d'une joie sans limite. Elle se retourna et sauta au cou de la vieille femme qui se laissa faire, attendrie par tant d'effusion.

II

Depuis deux mois déjà, Log avalait une infâme soupe claire au fond d'un trou sans lumière . Les murs de son cachot dégoulinaient d'une humidité poisseuse qui le faisait tousser sans arrêt.
Moc et lui avaient été pris peu de temps après avoir tué le soldat, dans la forêt. Au détour d'un bosquet, une patrouille leur était tombée dessus, ne leur laissant aucune chance de fuite. On les avait fait monter dans un camion bâché et ils avaient roulé longtemps. Quand enfin ils s'étaient arrêtés, Log avait tout de suite reconnu la cour de la caserne de l'école militaire. Très vite, on sépara les deux hommes, Moc remontant de force dans le camion. Il eut le temps de hurler à Log :
-La mémoire, n'oublie pas la mémoire !
On avait conduit Log à travers un dédale de couloirs qui aboutissait à un bureau spacieux où on le laissa seul, menottes aux poignets. Log reconnut tout de suite le regard froid et les gestes contrôlés de Bennit.
- Je vous avez bien dit que nous nous reverrions, Mr Pinson. J'ai bien peur que vous ne partagiez pas ma joie de nous revoir, mais rassurez-vous, je m'en moque. Je vous tiens, Mr Pinson et je ne vous lâcherez plus.

Log restait silencieux. Bennit semblait un serpent prêt à mordre, surtout ne lui donner aucune occasion de mordre.

- *Vous parlerez bien un jour, Mr Pinson, soyez tranquille. Ici, j'ai tout mon temps, vous n'êtes qu'un incident sur mon parcours, un incident intéressant, certes, mais pas de taille à troubler mon sommeil. Cependant, je vous propose un marché, vous me dites tout ce que vous savez sur ce groupe de "résisteurs", leur nombre, leurs caches, leurs projets. De mon côté, je m'engage à vous laisser la vie sauve, voire même à vous libérer si vos renseignements s'avèrent utiles pour nous. Je vous laisse trois jours pour réfléchir, Mr Pinson. Sachez tout de même que votre ami, Moc, sera pendu au cas où vous refuseriez de parler. Je vous laisse à votre dilemme, Mr Pinson, n'oubliez pas, trois jours.*

Bennit sortit, laissant Log avec un garde qui l'escorta jusqu'au sous-sol de la caserne. Ils descendirent encore quelques dizaines de marches et stoppèrent devant une porte en métal, très étroite et très basse.

- *Allez, entre, sois comme chez toi !*

La porte se reclaqua lourdement sur Log.

-*Foutu fils de salaud, j'aurai ta peau Bennit, j'aurai ta peau.*

Log grogna ces mots avec une violence sourde, jamais il n'aurait cru pouvoir ressentir autant de haine.

Trois jours sans repos, trois jours interminables à hésiter entre la trahison et la vie de Moc. Log opta enfin pour Moc. Il ne pouvait se résoudre à le voir mort et puis il se dit que Poca avait sûrement emmené les survivants du groupe vers une cachette introuvable. Sa trahison n'aurait pas d'effets néfastes sur ses amis. Soulagé d'avoir enfin fait un choix, il attendit qu'on vienne le chercher.

La carrure de Bennit s'encadra toute entière dans la porte basse .

-Alors Mr Pinson , vous avez réfléchi ?

- Je crois, oui. Je suis prêt à parler. Je veux voir Moc, tout de suite. Je veux être sûr qu'il va bien.

-Très bien, suivez moi.

Le garde passa les menottes à Log et ils sortirent tous les trois. Bennit marchait avec une allure insouciante, l'air de celui qui va remplir une formalité. Log suivait avec peine, ses jambes endolories par l'inaction et le faible espace de sa cellule lui faisaient mal, des picotements désagréables le parcouraient de la cheville au genou. Quelques minutes plus tard, ils parvinrent dans une salle blanche, éclairée violemment par de puissants halogènes. Un bureau avec un secrétaire chargé de prendre sa déposition attendait Log à l'extrémité de la pièce. Il s'assit face à l'homme qui s'adressa à Bennit:

- Nous pouvons commencer, Monsieur.
- Mr Pinson, déclinez votre identité complète, voulez-vous?
- Bennit, avant de dire quoi que ce soit, je veux voir Moc. Où est-il ?
-Il arrive, rassurez-vous ... et veuillez avoir l'obligeance de m'appeler Monsieur Bennit.

La voix sèche traversa Log qui frémit. Il sentit sa confiance fondre et une drôle de crainte l'envahir. Face à ce tueur, il perdait tous ses moyens.

-Je m'appelle Logart Pinson , j'ai quarante deux ans et j'étais le responsable -concept du réseau ...
-Vous étiez, effectivement. Aujourd'hui, Monsieur Pinson, vous n'êtes qu'un traître ayant abandonné son poste. Aujourd'hui, Monsieur Pinson, vous n'êtes plus rien. Mais continuez, je vous prie.
- Où se trouve Moc ?
-Ici c'est moi qui pose les questions.

Bennit hurlait presque.

La gifle surprit Log qui encaissa durement.

-Ne m'énervez plus, Mr Pinson, je pourrais très vite devenir moins conciliant.

Log ravala sa salive. Quel piège cachait cet interrogatoire. Bennit le manipulait à son gré, il le sentait bien. Réagir, gagner du temps, et surtout savoir ce qu'était devenu Moc.

- Monsieur Bennit, je suis décidé à ne rien vous cacher, je veux simplement voir Mac.

-Vous êtes un entêté Mr Pinson et je n'aime pas çà du tout. Je crois qu'il faut que je vous dise une chose, une chose très pénible. Votre ami a eu un accident cardiaque lors de son premier interrogatoire, il est mort. J'en suis navré, il aurait pu nous renseigner utilement ...

Log avait bondi, la rage balayant toutes ses peurs, il envoya un coup de pied au bas ventre de Bennit qui esquiva le choc avec la rapidité d'un tigre. Log sentit sa mâchoire exploser un dixième de seconde plus tard et se retrouva à terre, sur le carrelage blanc et froid.

-Mr Pinson, vous un entêté et un idiot, vous avez besoin d'une leçon de courtoisie, on ne frappe pas le chef de la Sécurité. Cà ne se fait pas !

Bennit ponctua ses derniers mots d'un coup dans le foie qui laissa Log plié en deux, incapable de bouger.

-Relevez-vous, Mr Pinson, et asseyez-vous. Nous sommes adultes, tous les deux, nous pouvons parler librement. Allez !

Surmontant sa douleur, Log rampa jusqu'à la chaise et se hissa tant bien que mal.

"Ressort cassé ", pensa-t-il et il se mit à table.

Sa confession forcée dura plusieurs heures, pendant lesquelles Bennit posa des questions millimétriques, usant d'une fermeté de ton alliée à une sorte de complicité presque amicale. Log déversa tout ce qu'il savait de l'organisation des rebelles, leur nombre, leur armement et surtout, il s'attarda longuement sur Poca. A la simple évocation de ce nom, les mâchoires de Bennit se serraient imperceptiblement, une haine absolue semblait l'emplir tout entier, sa volonté tendue vers un seul but: éliminer Poca.

-Votre coopération nous est précieuse, Mr Pinson, mais il me semble que vous oubliez quelques détails, par exemple la façon dont votre ami Moc a réussi à entrer dans le réseau. Seules quelques personnes, dont vous-même, connaissent les codes d'entrées. Pouvez-vous m'éclaircir sur ce point ? De quel matériel se servait-il ? d'où émettait-il ? Vous voyez, Mr Pinson, notre collaboration est loin d'être terminée.

Log ne répondit pas tout de suite. Il ne savait pas pourquoi, mais il se refusait à dévoiler le secret de la caverne. L'ordinateur restait le dernier bastion de liberté, même éteint.

-J'ignore tout de leurs moyens d'émettre. J'ai donné les codes à Moc, lui seul aurait pu vous répondre.

-En êtes-vous sûr Mr Pinson ?

-Je ne sais rien là dessus. Vous pensez vraiment qu'ils me faisaient confiance à ce point ?

-Peut-être, peut-être. Mais ce sera tout pour aujourd'hui. Garde, ramenez Mr Pinson dans sa cellule.

III

L'air irrespirable de l'étroit boyau et la poussière âcre du charbon avait transformé Horden en un pantin mécanique qui frappait la paroi noire au rythme de six coups de piolet par minute. Il travaillait, mangeait et dormait dans la mine en compagnie d'un millier d'autres esclaves, ne voyant le jour qu'au travers de la gueule du puits. Mais derrière son apparente soumission aux gardes et au travail, Horden cachait la volonté inflexible de fuir. A chaque instant, son esprit en éveil enregistrait les possibilités, si infimes soient-elles d'échapper à cet enfer. D'autres prisonniers avaient déjà tenté une évasion en escaladant de nuit les cinquante deux échelles d'acier qui les séparaient de l'air libre. Des soldats les attendaient tout en haut, avertis par l'un des forçats qui avait cru pouvoir vendre la vie de ses compagnons contre la sienne. Il fut le premier à être jeter vivant dans le puits, suivis par les malheureux fugitifs. La cruauté de l'exemple avait terrifié bon nombre de " ceux du bas" comme les appelaient entre eux les gardes. Horden était resté de glace, apparemment insensible, sa détermination à fuir grandissait de jour en jour, tous les moyens seraient bons. Il ne voulait se lier à aucun autre, craignant d'être entravé dans sa fuite, évacuant tout sentiment qui pourrait amoindrir ses chances.

Un soir, son piolet traversa une veine creuse. Une effluve bizarre se répandit instantanément accompagné d'un sifflement suraigu.

Du gaz, du gaz naturel. Horden hurla à ses compagnons les plus proches de fuir vers le bas des échelles. La panique éclata parmi les mineurs sans que les gardes ne puissent rien faire: tirer, c'était faire exploser la mine. Les hommes s'agglutinaient sur les barreaux des échelles, cherchant désespérément à gagner la sortie. La bousculade atteignit son maximum quand des mineurs épuisés, asphyxiés par les vapeurs mortelles tombèrent, s'entassant au pied de la remontée. Un garde fou de terreur sortit son arme et tira: brutalement un souffle de feu balaya tout sur son passage, roulant à toute vitesse dans les galeries. Horden sauta dans un wagonnet d'acier et libéra le frein, laissant sa monture s'emballer. Elle roulait vers le fond de la mine. Il essayait de gagner la torche gazeuse de vitesse, sachant que le terminal du wagonnet donnait sur une excavatrice géante qui permettait de remonter en surface le charbon extrait. La structure en fer approchait. Horden tira sur le frein de toutes ses forces, ralentissant au maximum. Il sauta avant que le wagonnet ne finisse sa course en s'écrasant violemment sur un butoir de bois. Horden, suffocant, entra dans la salle de commande de la machine et mit en route la chaîne mécanique de remontée. Le grondement sourd du gaz qui brûlait approchait. Il se jeta dans le vide, agrippant le rebord d'un des godets de l'excavatrice. Il se sentit élevé, remontant des entrailles de la terre à la seule force de ses bras. Il fut à l'extérieur en moins d'une minute, le godet vida son chargement de charbon en même temps qu'Horden sautait, roulant au milieu des pierres noires. Il se releva, cherchant une présence autour de lui. Seule la nuit l'entourait, épaisse, lourde de silence. Horden savourait les odeurs du monde et l'air vif de la nuit avec une jubilation extrême. Ses muscles retrouvaient toute leur puissance et leur souplesse. Il prit une profonde inspiration et s'élança vers le Nord, vers les siens. Il était sûr que Poca avait réussi à cacher le groupe dans la forêt immense que lui seul connaissait à fond. L'espoir revenait, grosse boule de chaleur au creux des reins, lui collant son rythme au rythme de sa course, il lui arracha des cris rauques de joie mêlés à la furie de la vengeance. Il avala des kilomètres sans la moindre trace de fatigue. L'entrée de la mine se trouvant à l'écart de la ville, il n'avait pas eu à se cacher pour fuir. Il entendait les sirènes des ambulances allant et venant pour tenter de sortir de l'enfer les rescapés d'en bas. Une flamme bleutée jaillissait au loin, par la bouche de sortie de l'excavatrice, on entendait son sifflement sinistre et de lourds roulements souterrains. Le dragon se réveillait.

IV

Allongé sur la paillasse informe de sa cellule, Log essayait vainement de trouver le sommeil. Trop de questions l'agitaient, l'empêchant de dormir. Il se souvint que Mégi lui avait enseigné une technique respiratoire qui permettait de faire le vide dans l'esprit. A l'époque, cela lui avait servi à calmer la douleur lancinante de sa jambe blessée. Il se dit que çà pourrait peut-être l'aider à s'endormir. Log se détendit, fermant les yeux, il essaya d'imaginer un lac parcouru par de fines vagues générées par le vent. Une à une il lissa ces vagues, sur l'eau semblait se poser une pellicule d'huile qui égalisait chaque creux et chaque crête. Une impression de silence et de paix s'insinuait en lui. Brusquement, le visage d'Hamaris creva la surface brillante, elle souriait. Elle se mit à lui parler, ses paroles arrivaient comme assourdies par le voile de la distance, mais Log comprenait clairement chaque mot, sa conscience en éveil lui soufflait que ce n'était pas un rêve, Hamaris lui parlait réellement à travers l'espace ...

-Log, enfin je te retrouve, je savais que c'était possible, Mégi me l'avait dit. Réponds moi Log. Il te suffit de penser tes phrases en imaginant mon visage et je recevrai tes mots. Essaie, je t'en prie, essaie.

D'abord incrédule, Log mentalisa *" je suis en prison à l'Académie Militaire, Mac est mort, ils l'ont tué..."* en se concentrant sur le visage d'Hamaris. Presque instantanément, il reçut une réponse, floue et lointaine qu'il ne parvint pas à comprendre. Sa tête lui faisait mal. Epuisé, il s'endormit.

Le froid sec de l'aube réveilla Log. Il revécut en un éclair son étrange expérience de la veille. Avait-il rêvé ? Engourdi et glacé, il jeta un oeil par le soupirail grillagé de sa cellule. La neige avait dû tomber toute la nuit, recouvrant la cour et les bâches des camions d'une couche épaisse et moelleuse. "Il faut que je sorte". Log calcula ses chances d'arriver à sortir vivant de la citadelle, elles étaient minces, toutes les issues étaient gardées. La première difficulté consistait simplement à sortir de sa cellule et ce n'était pas une mince affaire. Le garde qui lui apportait ses repas devait peser dans les cents kilos, avec un air de tueur. Il fallait ruser, mais comment ? L'heure du bouillon du matin approchait. Log échafaudait plan sur plan, aucun ne lui semblait réalisable. Il s'assit à même le sol, tout espoir envolé. Il savait qu'il finirait par tout dire et qu'à ce moment là, Bennit se débarrasserait de lui. Les pas du geôlier résonnèrent dans le couloir, se rapprochant régulièrement. La porte s'ouvrit avec le claquement sec du penne de la serrure.

- Avale çà, Mr Bennit veut te voir. Vite !
Le garde tendait un bol fumant à Log qui se leva pour le prendre. En une seconde, il entrevit la solution. Docile, il sourit à l'homme en prenant le bol et lui balança le bouillon brûlant au visage. Le soldat hurlant de douleur tomba à genoux en se tenant la tête à deux mains. Log lui asséna un coup de poing sur la nuque, de toutes ses forces. L'autre s'affaissa comme une masse. Log dégagea le trousseau de clés et saisit le pistolet accroché à la ceinture. Il sortit de la cellule et referma derrière lui. Maintenant, s'il devait mourir, il mourrait au moins presque libre.

Il décida de remonter le couloir jusqu'à la salle de contrôle de l'entrée. De là il tenterait de passer au premier étage qu'il connaissait bien pour y avoir travaillé. S'il parvenait jusqu'à son ancien bureau qui se trouvait là, il pourrait gagner une sortie très discrète donnant dans les jardins de la caserne. La suite serait un jeu d'enfant. Il progressa avec précautions, en silence, marchant le long des murs, attentif au moindre bruit. Il arriva sans encombre à la salle de contrôle de l'entrée; deux soldats se tenaient à une table, ils jouaient aux cartes pour tuer le temps. Un troisième homme, sans uniforme celui-là, surveillait une série d'écrans vidéo et un poste de commande électronique des sas et autres portes blindées. Log pesait l'arme dans sa main, elle lui semblait lourde. Il la serra davantage, le coeur battant. Il entra très vite, le pistolet pointé vers les trois hommes.

-Personne ne bouge. Toi là-bas, les mains sur la tête, si tu touches le moindre bouton, je t'abats !

Les gardes, stupéfaits de cette irruption incompréhensible, levèrent les mains et ne bougèrent plus.

-Avancez au fond de la pièce, et pas de bêtises!

Log les dirigeait vers un petit réduit attenant à la salle et qui servait de vestiaires.

-Toi, passe ces menottes à chaque main droite des deux autres, l'autre boucle tu leur mets au pied. Voilà, c'est bien, maintenant tu les baillonnes. Serre plus fort, tu veux ! Vous deux, vous entrez là dedans.

Log leur montrait du doigt un placard à balais qu'il verrouilla à double tour. Puis il s'adressa au troisième homme toujours silencieux :

-Tu viens avec moi, tu fais exactement ce que je te dis et tout ira bien.

Ils s'avancèrent vers le pupitre de commandes.

-Tu connais la grille, au fond du parc ?
-Oui.
-Alors tu vas la déverrouiller.

Le soldat hésitait. Log lui colla le canon du pistolet sur la tempe.

-Tu as cinq secondes pour te décider.

-D'accord, çà va, mais même si vous sortez de la caserne, vous ne passerez pas dix minutes en ville sans qu'on vous retrouve.
-Si mon bonhomme, avec ton uniforme, je pourrais passer partout. Déshabille-toi en vitesse !
L'homme s'exécuta. Puis il actionna un commutateur sur le pupitre, un message clignota à l'écran " grille parc hors contrôle".
-Tu vois, çà n'était pas si difficile. Tu vas aller rejoindre tes petits camarades, tranquillement.
Arrivé dans le vestiaire, Log tendit une troisième paire de menottes au garde qui s'enchaîna au radiateur, puis il le baillonna à son tour avec un essuie main un peu crasseux.
-Désolé, je n'ai trouvé que çà.
Log referma la porte à clef et gagna le couloir. De là il grimpa au premier étage. Personne. Tout çà lui paraissait trop facile. Une drôle d'angoisse perça qui le tenaillait à l'estomac.Il arriva devant la porte de son ancien bureau et l'ouvrit avec précaution. Il était vide lui aussi. Les souvenirs des heures passées ici l'assaillirent, presque avec nostalgie. Il se revoyait, assis devant son ordinateur, créant et structurant le programme Panet. En quelques années, il avait accompli un travail de titan sans jamais se poser de questions embarrassantes. Les soirs de doute, il s'abîmait dans l'alcool de contrebande saisi lors de perquisitions, et qu'on stockait ici, dans la

caserne. Sa position lui donnait quelques privilèges, dont celui de se saouler...

Log se ressaisit. Aujourd'hui, il était un ennemi à abattre. Il devait agir comme tel et il se dirigea vers une petite porte cachée au fond du bureau. Elle donnait sur un perron à moitié caché par un bosquet d'épicéas courbés par la neige. Log apercevait la grille, à environ cinquante mètres de là. Personne dans le jardin si ce n'était une voiture blindée garée le long du mur donnant sur la cour. Visiblement elle était vide. Il s'élança, comptant mentalement les dix secondes qui le séparaient de la liberté.

La tête de Log se dessinait avec une netteté ahurissante dans la lunette de visée, son front posant exactement au milieu du réticule. Le doigt de Bennit se crispa imperceptiblement sur la gâchette et le chef de la sécurité dégustait l'instant. Il tenait la vie du fugitif à sa merci, le laissant croire encore quelques infimes secondes à l'impossible réussite, mais la précision de l'arme et l'entraînement de Bennit ne lui laissait aucune chance. De la tourelle du blindé, il pouvait presque entendre la respiration saccadée de Log, sa dernière respiration... A deux mètres de la grille, Bennit pressa la détente.

V

Le souffle court, Log évalua avec soulagement les quelques mètres qui le séparaient de la grille. Une douleur fulgurante, un éclair lumineux et le cri dans sa tête - *Couche toi !*- la voix d'Hamaris. Log se jeta dans la neige au moment la balle traçante explosait une pierre du vieux mur. Se redressant, il plongea vers la grille entr'ouverte et se mit à courir dans la rue, cherchant un abri. Déjà, les hurlements fous de Bennit retentissaient derrière lui. La chasse était ouverte, il était le gibier.
Log dévala les escaliers mécaniques d'une station de jeux virtuels. Des centaines de gens s'affairaient sur les consoles, ne prêtant attention à rien. Il bouscula plusieurs personnes qui ne réagirent pas à cause de son uniforme. Bennit suivait avec une dizaine d'hommes, les yeux révulsés par la rage. Il partagea son groupe pour mieux ratisser la station. Deux soldats l'accompagnaient. Log gagna l'ascenseur le plus proche. Profitant toujours de la foule, il se coula discrètement dans la machinerie. La porte de métal refermée derrière lui, il se laissa glisser sur la paroi, reprenant son souffle. Maintenant il comprenait pourquoi sa fuite avait été aussi facile: Bennit voulait le laisser espérer jusqu'au bout, lui faire croire que la liberté était

possible, et l'abattre au dernier moment. Ce type est cinglé, pensa Log. Sadique et cinglé. Il réussissait à peine à se remémorer cet instant de douleur intense dans son crâne qui l'avait obligé à se jeter sur le sol. La balle l'avait frôlé, laissant dans son cuir chevelu une entaille rouge et cuisante. Hamaris l'avait sauvé d'une mort certaine, à distance. Décidément, cette fille l'étonnerait toujours...Mais maintenant, la partie serait serrée. Log ne connaissait pas ces sous-sols remplis de câbles électriques, de gaines d'aération et de mécaniques diverses. Les soldats finiraient par venir ici, il fallait partir et vite. Il s'engagea avec précaution dans le dédale sous-terrain, prenant garde de ne pas trébucher dans la pénombre. Le bruit sourd des bottes des soldats sur les passerelles métalliques au dessus de lui se faisait plus net, ils le suivaient de près, la sueur lui imprégnait le corps d'une pellicule moite et poisseuse désagréable. Il s'arrêta soudain, bloqué par un mur de briques. Il s'agenouilla dans l'obscurité, cherchant une issue, désespérément. Un courant d'air frais enveloppa sa main et il se rendit compte qu'il touchait un grillage fin et serré. En se rapprochant, il distingua l'entrée d'un conduit bouché par une petite trappe grillagée. Il l'arracha littéralement, se coupant les doigts aux aspérités des vis qui retenaient la trappe. Le passage permettait à peine de se glisser dans le conduit cylindrique et Log crut mourir plusieurs fois en rampant vers l'autre extrémité. Elle débouchait sur un vaste sous-sol totalement vide, éclairé faiblement par plusieurs soupiraux étroits. Log sauta sur le béton et scruta minutieusement les environs: il devait se trouver dans le vide sanitaire d'une des tours de la ville. Il avança vers l'un des soupiraux et se hissa jusqu'à l'ouverture, pas un bruit, pas un cri. Les hommes de Bennit semblaient l'avoir perdu. Log s'extirpa de l'oeil de ciment et se retrouva enfin au grand air, allongé sur la neige. Avec prudence il se releva, l'endroit était calme, petit carré de jardin au pied d'une tour, légèrement en retrait, ce qui le conforta. Il pourrait attendre la nuit ici, avec un minimum de risques. En frissonnant, il se blottit dans un décrochement du mur, vidé par l'effort et la peur.

D'abord, il eut la sensation d'être aspiré hors de lui-même, incapable de résister à l'étirement qu'il ressentait, écartelé entre son corps qu'il percevait nettement sous lui ou plutôt sous sa conscience de lui... il flottait très précisément au dessus de lui-même, mais sa vision des choses et de la ville dépassait les murs de la tour, elle traversait les murs. Il voyait le quadrillage des rues de l'immense cité qui formait un damier presque parfait, seulement partagé par le fleuve qui coupait la ville en deux. Sa légèreté de mouvement était telle qu'aucun effort ne semblait nécessaire à ses déplacements, il lui suffisait de les vouloir, de les pressentir et il bougeait sans contrainte d'espace ou de gravitation. Ensuite vint la certitude d'être vivant, un flot d'une vie pleine de chaleur et de sang le portait, loin, très loin de son corps endormi, mais ce corps vibrait vers lui avec puissance et régularité, il percevait distinctement les pulsations de ses artères, le choc mou de l'inspir de ses poumons, la terrifiante vitesse des ondes qui parcouraient les circonvolutions de son cerveau...il écoutait sa profondeur, visitant chaque recoin de son monde de chair, ne s'étonnant même plus de comprendre, instantanément la moindre réaction chimique, la plus infime vibration d'un muscle ... sa profondeur l'accueillait, chaude et immense, elle l'enracinait au coeur de lui-même, l'ouvrant à sa propre réalité, infinie, grave et joyeuse.

VI

La haine déformait le visage de Bennit. Les recherches restées vaines, il avait regagné seul la pièce froide et blanche qu'il occupait dans la caserne. Une envie folle de tuer tordait son estomac, lui donnant une pâleur extrême; il ne supportait pas son échec. Chandor ne lui pardonnerait pas d'avoir failli, d'avoir laissé échapper l'occasion de décapiter la résistance. Il savait que le maître de la ville le convoquerait pour qu'il s'explique, et çà risquait d'être difficile pour lui. Une peur confuse l'empêchait de reprendre son contrôle. En face de Chandor, il n'était plus qu'un pion, un paramètre qu'on pouvait éliminer s'il devenait inutile. Bennit avait construit sa vie autour de la satisfaction des désirs et des ordres de Chandor, et aujourd'hui, pour la première fois en douze ans, l'implacable machine s'était enrayée.
Le téléphone sonna, le ramenant brutalement à la réalité.
-Bennit, je voudrais vous voir, tout de suite.
-Bien monsieur le président, j'arrive.
Bennit poussa un grognement animal en se levant. Si l'entrevue avec Chandor ne présageait rien de bon, au moins il n'aurait pas longtemps à attendre. L'action le reprenait, injectant dans ses yeux une lueur d'acier. Toute peur disparue, il gagna la cour où l'attendait sa

voiture. Deux kilomètres à peine séparaient la caserne du palais présidentiel, trop peu pour que Bennit puisse préparer ses réponses. D'ailleurs, il ne le voulait pas. Il réagirait à l'instinct, sans analyser et sans raisonner. Chandor aimait en lui le chien féroce, le tueur instinctif et soumis à l'autorité du chef. Mais il savait aussi qu'une bête acculée devient dangereuse, même pour son maître...

L'auto stoppa devant une grille surveillée par des soldats triés sur le volet, dévoués corps et âme au président, l'élite de la garde personnelle de Chandor. Après l'inspection d'usage, Bennit franchit un nouveau poste de garde. Il arrêta la voiture et suivit l'officier qui l'emmena vers les larges portes du palais. En gravissant les marches, Bennit s'aperçut qu'il n'était venu que peu de fois ici. La plupart de ses ordres, il les prenait au téléphone ou par des missives écrites à la main par le président. Ils parvinrent dans une antichambre où un huissier les pria d'attendre. Réapparaissant un instant plus tard, il les invita à pénétrer dans la vaste salle du bureau présidentiel.

-Laissez-nous, capitaine, voulez-vous.

L'officier s'éclipsa en saluant l'homme pourtant retourné vers la fenêtre, absorbé par l'extérieur.

-Voyez-vous, Bennit, je ne me lasse pas de regarder tomber la neige, elle si légère, si fine, et pourtant, quand elle le veut, elle recouvre tout, elle paralyse tout, sa force tient

toute entière dans sa légèreté, dans la faculté qu'elle a de s'insinuer partout avec entêtement. Mais si forte soit-elle, elle disparaît quand arrive le printemps. Ces résisteurs me font penser à la neige, ils en ont la souplesse et l'obstination. Bennit, je veux que ces hommes ne voient pas le printemps, je veux que définitivement, ils soient balayés de la surface de cette terre. C'est un ordre, Bennit, un ordre absolu. Vous n'avez pas droit au ratage, cette fois. Vous avez carte blanche quant aux moyens. Une seule condition, Bennit, tuez-les tous. Vous pouvez disposer.

En quittant la pièce, Bennit avait senti la jubilation l'envahir. Chandor avait tout dit. Pas un reproche, pas une nuance de mépris dans la voix. Le maître avait ordonné, il lui fallait obéir, totalement. Le chef de la sécurité détenait maintenant tous les pouvoirs possibles pour agir. Il allait s'employer à satisfaire pleinement le président, par tous les moyens. Jamais il n'avait eu autant de latitude pour atteindre un objectif. Il écraserait les rebelles et ramènerait la tête de Poca, ou bien il mourrait.

VII

En dépit des soins attentifs de Mégi et d'Hamaris, le froid et la neige avaient profondément meurtri les corps. Le découragement et la lassitude s'esquissaient sur les visages et Poca redoutait les regards de plus en plus vides que lui lançaient ses hommes. La tentation grandissait de se rendre, malgré la peur des représailles. Heureusement, l'hiver déclinait, redonnant à la terre des tâches de couleur brunes ou vertes qui s'éparpillaient chaque jour davantage sur la plaque neigeuse. Poca espérait le premier soleil, avec lui renaîtraient des forces nouvelles qui draineraient l'espoir, mais l'attente se faisait longue, toute l'énergie du village s'évaporait dans la lutte contre le froid, et il sentait qu'une tension sourde s'installait, lézardant la cohésion du groupe.

La main posée sur l'écorce rude d'un chêne, le vieil homme laissait vagabonder ses idées au gré de la caresse lente de ses doigts sur les craquelures centenaires. Il s'imprégnait tout entier de l'esprit de la forêt, attendant presque de l'arbre une réponse, une solution aux problèmes de survie du groupe. Les années l'avaient convaincu de la puissance et de l'intelligence contenues dans la sève, il lui semblait qu'elle véhiculait la vie même, qu'en écoutant sa coulée au creux du bois, il écoutait l'histoire du temps qui passe, riche d'un passé lointain venu des profondeurs terrestres et porteur des réponses à venir. Il rêvait de s'unir à l'arbre, de conclure avec lui un pacte de sagesse et de paix.

Un craquement lui fit tourner la tête pour découvrir Hamaris qui le regardait, les yeux plein d'une douceur lumineuse.

-Poca, il faut partir, aller vers la Ville. Nous sommes arrivés au bout du chemin. La réponse est là bas, pas ici.

-Crois-tu que tous sont prêts à cela ? Prêts à se battre, à mourir peut-être ? Sans compter que la route vers la Ville sera longue et fatigante.

-Je le crois, oui. Les hommes sont décidés à se battre, ils ne supportent plus de vivre cachés. L'arbre te l'a montré, sa vie monte vers le ciel, vers la lumière, notre sève nous la trouverons dans le combat, c'est à nous de déchirer la nuit qui règne depuis trop longtemps, à nous de conquérir la lumière.

Poca devinait chaque mot que prononçait la jeune femme, ces mots étaient les siens, enfouis au profond de lui-même. Il s'était interdit de les prononcer, sachant irrémédiables les conséquences de ses paroles, elles pouvaient tous les mener à la liberté ou à l'oubli.

-Tu parles justement, Hamaris, tu as raison, il faut partir.

Dès son retour au village, Poca annonça à tous le projet de repartir vers la Ville et d'y combattre Chandor. Une explosion de joie répondit à ses déclarations, un soulagement général parcourut l'assistance qui se voyait déjà dans l'action. Poca comprit soudain qu'ils vaincraient, que ces hommes allaient de leurs mains rebâtir pierre à pierre leur dignité perdue et projeter leur effort au delà d'eux-mêmes, il comprit que le souffle qui les portait, comme un souffle de croisade, balaierait ces quinze années maudites. Le temps était venu pour la mémoire d'inonder les coeurs et les esprits, mêlant dans son creuset les fondations humaines et la respiration du monde.

LIVRE 3

I

La complicité de la nuit et du froid avaient permis à Log d'atteindre sans encombres les quais du fleuve. De lourdes barges dodelinaient leurs flans ventrus sur l'eau glacée, elles permettaient le transport du charbon de la mine vers les usines de la périphérie, et au retour, mouillaient pour la nuit sur ces quais. Depuis l'accident de la mine, elles restaient vautrées le long des berges, abandonnées à leur inactivité. Log savait que ces barges possédaient des radeaux de survie, espèces de gros boudin de caoutchouc équipés d'une réserve d'eau et de nourriture; la loi de la ville obligeait les mariniers à cet équipement, pourtant démesuré pour un fleuve si calme. C'est de l'un de ces radeaux qu'il voulait s'emparer, il lui permettrait de glisser en silence à travers la ville, et d'en sortir. Il repéra une passerelle accrochée au bastingage du plus proche des chalands et fila doit vers elle. Quelques instants plus tard, il explorait méthodiquement la soute, trouvant enfin une sorte de cube mou. Il suffisait d'arracher une goupille et le radeau se gonflait automatiquement. Il attrapa au passage une veste épaisse, une paire de moufles, et une rame télescopique . Quand il se retrouva sur le pont, il dégoupilla la sécurité, regardant avec un sourire aux lèvres le cube se tortiller en se gonflant. Il le laissa glisser sans bruit sur l'eau et prit place à bord. Ses premiers coups de rame l'éloignèrent des quais, il s'enfonçait dans la nuit vers le nord, en espérant avoir dépassé les derniers faubourgs de la Ville avant l'aube. L'effort aidant, il oublia très vite la morsure de l'air, concentrant toute son attention sur sa rame, liant son mouvement au mouvement de l'eau, dans une efficacité fluide qui l'emportait en secret. La Ville endormie étalait ses tours et ses immeubles sur des dizaines de kilomètres carrés. Le centre, occupé par le palais présidentiel et l'école militaire, regroupait l'habitat des cadres dirigeants dans une sorte de pyramide de verre et d'aluminium qui couvrait la superficie d'une petite ville. A l'intérieur, toute la gestion quotidienne de la structure était automatisée, un seul agent en assurant l'entretien et la garde grâce aux assistants informatiques. Chandor avait conçu sa cité comme un gigantesque organisme dont il était le cerveau et le régulateur. Aucun secteur n'échappait au contrôle des hommes de la sécurité, le bonheur de tous, *l'Heureusité*, se distillant sur le réseau à longueur de jour. Les premières traînées blanches de l'aube commençaient à se refléter dans l'eau noire du fleuve. Log accéléra la cadence, il devait absolument prendre le lever du jour de vitesse pour avoir une chance d'échapper aux patrouilles. Il aperçut avec soulagement les toits plats qui marquaient le commencement de la banlieue, la rupture entre les tours et les résidences du centre et les habitats-cube tous identiques des millions d'exécutants de la Ville. Chaque unité d'habitation comptait une grande pièce carrée et deux chambres à l'étage, l'une pour les parents, l'autre pour leur enfant unique, le seul permis par la doctrine. Dès ses trois ans, il était pris en charge dans les crèches d'accueil de la sécurité et recevait *l'éducation au bonheur*, l'enseignement officiel dispensé dans la Ville par des fonctionnaires assermentés à la sécurité. Ces centres maternels existaient depuis maintenant cinq ans et constituaient pour Chandor la base future de l'enracinement de l'Heureusité. En longeant les alignements cubiques, Log frémissait devant l'incroyable planification de la vie de tous ces gens. De leur naissance à leur mort, tout était programmé, mis en place de telle façon que l'unique désir reposait dans une réalisation personnelle en conformité avec la doctrine, sans possibilité d'y échapper. Le seul fait d'évoquer le passé constituait un délit, puni par la déportation dans la mine ou la mort. Quelques minutes plus tard, l'embarcation passait sous le dernier pont enjambant le fleuve qui s'ouvrait devant lui, vaste, libre de tout obstacle. Log éclata de rire en poussant plus fort sur sa rame, il avait réussi, il était sorti de la Ville.

II

La colonne de blindés s'étirait sur la route à perte de vue, survolée par le ballet incessant des hélicoptères. Bennit avait défini la composition de son armée en tenant compte des réalités imposées par le terrain: il lui fallait des véhicules capables de se faufiler partout et de déjouer les pièges de la boue et des rochers. Sa stratégie était simple: repérer les rebelles grâce aux hélicoptères et les encercler avec les chars, enfin refermer l'étau pour les anéantir. Trois mille hommes, sur les dix mille que comptait la garnison, participaient à la campagne, leur seul ordre étant de tuer à vue. Mais malgré les détecteurs infrarouges et les incursions journalières des équipes de recherches aéroportées au dessus de la forêt, l'acharnement de Bennit resta vain. Nulle part on ne trouvait trace de Poca et de son groupe. Dans la tente du QG de campagne, la table de bois craqua sous le coup de poing furieux de Bennit. Il jura en pétrissant dans sa main rougie par le coup une feuille d'ordre qu'il savait inutile. Il n'irait pas à Poca, c'est lui qui viendrait à lui, à son heure et à son choix.
-Je t'attends, vieux fou, je t'attends...
Les heures suivantes virent la forêt s'embraser, les hélicoptères larguaient leur napalm, gros frelons venimeux s'enivrant des odeurs d'essence et de sève brûlées. La folie de Bennit

ravageait les futaies et les taillis, ne laissant subsister sur l'humus gluant que les formes torturées des arbres calcinés. L'incendie, goulûment nourri par la brise fraîche du printemps, dévorait la forêt à la vitesse du vent, les flammes géantes léchaient les nuages bas, elles emportaient sur leur passage toute trace de vie, fondant dans la même pâte brûlante la pierre et le bois. Ce jour là n'eut pas de fin. La clarté meurtrière illumina la nuit jusqu'au lendemain. En brûlant la forêt, Bennit purifiait la terre, il éradiquait toute possibilité d'abri ou de fuite, mais surtout il blessait Poca au plus intime de son être, sentant d'instinct le lien vital qui le liait aux arbres. Il détruisait la source profonde d'où le vieux rebelle tirait sa force.

***

La première secousse fit trébucher Log qui se retrouva à quatre pattes sur la terre humide de la rive. Il venait d'accoster, intrigué par les volutes de fumée épaisses qui s'élevaient au loin, accompagnées d'explosions sourdes. Il sentit le sol frémir sous ses mains, une onde craquante semblait galoper sous la croûte, lui insufflant une longue vibration douloureuse qui enfla brutalement pour éclater dans un claquement sec. La déchirure minérale s'allongea à l'infini. Elle tranchait la forêt comme une lame invisible, suivie par le grondement de la rivière qui s'engouffrait dans la faille. Avant même de pouvoir réagir, Log fut aspiré par le courant de boue qui dévalait vers la cassure. Emporté comme un fétu de paille, roulé et soulevé par la masse aquatique, il se rendit à peine compte qu'une poigne puissante l'avait saisi, l'arrachant à la noyade. Horden le tirait vers lui d'une main, accroché par l'autre à une branche basse d'un saule à demi arraché. Il souriait, enveloppé d'une sorte de tranquillité sauvage. En sécurité sur la crête de la ravine, les deux hommes se regardèrent longtemps sans prononcer le moindre mot. Ce fut Log qui rompit le silence:

-Merci, Horden, tu viens de me sauver la vie une seconde fois. Mais comment es-tu ici, en pleine forêt, seul ? je te croyais prisonnier ou mort...

-Evadé. Evadé de la mine où je pourrissais doucement. Une poche de gaz a explosé, et j'ai profité de la panique pour m'enfuir. J'ai cherché Poca et les autres pendant des jours, je ne les ai pas trouvés et j'ignore où ils sont, j'ignore même s'ils sont encore en vie.

-Ils vivent, rassure-toi. Mais où, çà je ne sais pas.

-Comment peux-tu savoir qu'ils sont vivants ?

-C'est Hamaris qui me l'a dit, je sais c'est difficile à croire et pourtant elle m'a parlé, en

pensée, elle m'a même sauvé la vie lors de ma fuite de la prison.

Log raconta son expérience et son évasion à Horden qui paraissait stupéfait. Néanmoins, il lut dans le regard du guerrier que celui-ci le croyait, il était simplement surpris de ce qui se passait.

-Pourrais-tu lui demander où ils sont, ce qu'ils font, si nous devons ou non les rejoindre ? Mon père me manque et Mégi aussi, et tous les autres...

-Je peux essayer...

Log ferma les yeux et le visage d'Hamaris s'incrusta au fond de sa rétine, lui remplissant l'esprit d'une douce luminosité qui l'apaisait. Sans un bruit, sans un heurt, leurs pensées se rencontrèrent. Assise au creux d'un fourré tapissé d'herbes vertes, Hamaris s'imprégnait des pensées de Log. Elle répondit à toutes ses questions et lui indiqua la position du groupe, très loin à l'ouest, au pied des premiers contreforts d'une montagne encore blanchie de neige. Log, d'abord interloqué, saisit toute la finesse de la démarche de Poca. Il avait conduit la petite troupe en dehors de la forêt, vers un massif montagneux qui la délimitait au nord, et semblait l'enserrer en remontant vers l'ouest où la chaîne perdait de sa hauteur, déclinant doucement pour devenir une vaste plaine livrée aux vents. Comme s'il avait senti les intentions de Bennit, Poca était sorti de la forêt et l'avait contournée, à marche forcée, se rapprochant chaque jour davantage de la Ville. Il était là où le chef de la sécurité ne le cherchait pas, marchant la nuit, se terrant le jour. Quand Hamaris dévoila à Log le but de leur marche, libérer la Ville du pouvoir de Chandor, Log s'insurgea. Comment une poignée d'hommes pourrait-elle venir à bout de plusieurs milliers de soldats? Elle lui répondit simplement que Poca espérait une révolte de la population, que face à cette marée humaine, Chandor serait définitivement impuissant. Log comprit que les dés étaient jetés, que rien n'arrêterait plus le cours des choses, lui aussi retournerait vers la Ville avec Horden, c'est là bas qu'était leur combat. L'image de la jeune femme se brouilla, leur communication se terminait, laissant à Log le souvenir d'une sorte de rêve partagé.

-Nous devons repartir, Horden. Nous allons nous battre avec ceux du village et avec ton père. Ils ont besoin de nous.

III

La terre craqua sourdement, fendant ses entrailles en une multitude de blessures profondes qui s'ouvraient sur toute la surface du camp. Un premier hélicoptère, posé sur une aire ratissée et aplanie tous les matins par les soldats, bascula lourdement et s'enfonça en grinçant dans un écartèlement rocheux. En quelques minutes, les tentes et les machines avaient disparu ou gisaient démantelées dans la poussière. Bennit courait en tous sens, affolé de voir sa si parfaite machine de guerre broyée par le tremblement de terre. La plupart de ses hommes, surpris par la rapidité du séisme, étaient morts engloutis ou écrasés par la colère de la roche. Il hurlait des ordres incompréhensibles, suivis par quelques dizaines de rescapés. Ils parvinrent à gagner un endroit épargné par la cassure et se retournèrent pour contempler le désastre, épouvantés par la violence et la soudaineté du choc. Une ombre de peur passa sur le visage terreux du chef de la sécurité. Un instant, il crut défaillir, vaincu par la fatigue et l'émotion, mais sa haine l'emporta.

-*Ramassez ce que vous pouvez, nous rentrons.*
Un sergent s'interposa:
-*Les blessés, il faut les soigner ou les emmener avec nous.*

-Laisse les blessés ici, de toute façon ils seront morts quand nous arrivons en ville. Nous devons aller vite. Exécution !
-Mais chef, on ne peut pas les laisser comme çà...
-Exécution, sergent ! Un seul mot et je t'envoie rejoindre les morts !
En martelant ces mots, Bennit tendait son pistolet nickelé vers le soldat qui finit par exécuter l'ordre de regroupement. Un murmure de désapprobation parcourut les rangs. Bennit se dressa de toute sa taille, l'air dément et harangua ses hommes:
-Vous êtes des combattants, vous avez juré sur votre vie une fidélité absolue. Le premier d'entre vous qui rechignera, je l'abattrai comme un chien, comme un traître et je punirai quiconque voudra l'aider de la même manière. Vous êtes des soldats, votre premier devoir, c'est l'obéissance, votre second devoir, c'est l'obéissance, votre seul droit, c'est de mourir avec honneur en exécutant mes ordres. Rompez !
Tête baissée, les cinquante hommes se mirent en rang derrière leur sergent, seul sous-officier survivant. Un calme lunaire régnait maintenant sur la terre éventrée et les carcasses métalliques. On aurait dit qu'en l'espace d'une seconde un pas de géant avait disloqué le camp, et le silence était tombé, seulement

troublé par les derniers soubresauts des volutes de poussière.

L'ordre de marche donné, la petite troupe se mit en route, Bennit en tête, tendu comme une colonne de marbre.

***

Caressée par les derniers rayons du soleil, la plaine immense semblait toucher le ciel. Les herbes frissonnantes sous le murmure du vent lui donnaient l'apparence d'une bête tapie, attendant la nuit pour enfin respirer et revivre. Ses flans gorgés des premières chaleurs portaient en eux les graines prêtes à éclore des fleurs du printemps. Demain, elles coloreraient le monde d'une multitude de taches de couleurs, renouvelant une fois encore le cycle millénaire et inamovible. Le temps pouvait passer, inlassablement, jamais il n' écornerait cette simple certitude. Poca aimait à constater l'ordre de la nature et la simplicité fondamentale qu'il impliquait: chaque être ou chaque chose apparaissait, grandissait puis disparaissait, dans un lent mouvement qui laissait intact l'essence même de la vie, ce qui devait se faire se faisait, dans une harmonie quelquefois chaotique, mais toujours juste, dans le sens où la vie se perpétrait quelque soit sa forme. Quand il s'adonnait à ces méditations, il comprenait presque douloureusement la vanité de l'espèce humaine et sa propension à tout identifier comme émanant d'elle ou subalterne à elle. Les hommes n'avaient pas encore admis qu'ils n'étaient qu'un rameau sur l'arbre, fragile et dépendant, et que l'arbre pouvait s'en passer. La grande terre avait accueilli les hommes en son sein pour qu'ils vivent et profitent de ses bienfaits dans un échange commun et respectueux, mais bien vite, ils avaient oublié cette alliance première pour tirer d'elle plus que le nécessaire. Aujourd'hui, elle leur rappelait durement qu'un seul de ses éternuements pourraient tous les faire disparaître. Poca trouvait bien normal qu'elle rue un peu, il admettait sans peine sa colère mais du tréfonds de son être monta un chant d'apaisement, il célébrait la vie et la mort, la pluie et le soleil, la pierre et la plante. Un vieux chant qu'il ne connaissait pas, venu tout droit de la mémoire de sa chair. La mélodie des mots anciens se mélangea à l'air du soir, laissant flotter sur la plaine un parfum d'éternité. Poca remercia, satisfait de son don, il alla rejoindre les siens autour du feu de bivouac.

-*Mes amis,* commença-t-il, *nous touchons presque au but. Dans deux jours, la Ville sera en vue. Mégi et dix d'entre vous resteront à l'extérieur avec les enfants, les autres se répartiront en quatre groupes d'une dizaine de personnes. Hamaris et moi-même emmènerons le premier groupe qui entrera dans la ville par le sud. Les trois autres entreront l'un par l'est, le second par l'ouest et le dernier par le nord. Nous devons absolument pénétrer dans la Ville sans nous faire remarquer. Chacun des groupes tentera de prendre contact avec les habitants des quartiers qui se sont soulevés à l'automne. En voici la liste. Vous aurez cinq jours pour mettre en place une insurrection. De leur côté, Log et Horden, qu'Hamaris a contactés, vont saboter les systèmes de sécurité du palais présidentiel et de l'académie militaire afin de retarder l'intervention des soldats. Les objectifs de chacun de vos groupes sont répertoriés par ordre d'importance; suivez-les scrupuleusement, respectez absolument les horaires, nous devons agir en même temps, il nous faut créer l'illusion que toute la Ville se soulève, souvenez-vous qu'il reste près de sept mille soldats bien armés. Notre seul avantage sera la surprise. Si les quartiers se révoltent, nous pouvons entraîner plusieurs milliers d'habitants et forcer Chandor à se rendre. Sachez cependant que notre chance de vaincre est mince, notre coordination doit être parfaite. Tout ce que vous devez connaître pour le bon déroulement de l'opération est consigné dans les feuillets que je remettrai à chaque groupe. Après-demain, dès la tombée de la nuit, vous aurez entre vos mains votre destin et le destin des habitants de la Ville. Vous porterez alors sur vos épaules une responsabilité à laquelle nous ne pourrez plus échapper, elle fera de vous les fondateurs d'un nouveau monde ou des morts en sursis. Il est encore temps de reculer si vous sentez ne pas avoir la force. Je ne jugerai personne sur sa peur ou son hésitation. Votre choix peut être de ne pas combattre, mais si vous choisissez le combat, il faudra aller jusqu'au bout. Notre chance de victoire est à ce prix. Réfléchissez. Si certains d'entre vous ont des questions à me poser, qu'ils le fassent.*

Aucun son ne sortit des gorges. Tous avaient déjà pesé et accepté les risques d'une telle entreprise, leur choix était fait. Dans leurs regards tournés vers lui, Poca lut la paix et la détermination. La lueur tremblante des flammes les auréolait d'une chaude sérénité qui reflétait dans la nuit ses étincelles d'espoir. On aurait dit des étoiles, liées une à une par un ruban de certitude.

IV

Harassé par la fatigue, le jeune soldat Humbert ne vit pas la racine qui affleurait sous la poussière du chemin. Il s'étala de tout son long, en jurant. Il s'assit pour dégager sa cheville de la lourde botte de cuir, elle était violette, gonflée comme un fruit trop mûr.
-Alors, mon vieux, qu'est-ce qui se passe ?
-Je crois bien que ma cheville est HS, sergent, et çà fait mal.
-On va t'arranger çà, petit, t'inquiète pas.
-Sergent, pourquoi s'arrête-t-on ?
Bennit venait de surgir, le visage transparent.
- Ce n'est pas grave, chef, le soldat Humbert s'est foulé la cheville, je vais lui faire une attelle et deux gars l'aideront à marcher.
-Non sergent, non. On ne peut pas perdre de temps. Le soldat Humbert est un imbécile, ou alors il a fait exprès de se blesser. Oui c'est çà, il l'a fait exprès !
-Mais enfin, je vous jure chef, je n'ai pas vu cette saleté de racine, j'y suis pour rien !
- Humbert, tu veux nous retarder, tu es l'un d'eux ! l'un de ces maudits rebelles ! Sergent, faites fusillez ce traître !
Le sergent ne bougeait pas, la bouche sèche, incrédule devant l'ordre donné.
-Alors sergent, vous n'avez pas compris, vous êtes sourd ?

-Chef, le soldat Humbert s'est juste tordu la cheville dans une racine, on va le relever et l'aider...
-Cà suffit sergent ! Cet homme est coupable, il doit être puni. Si vous n'obéissez pas, je vous fais passer en cour martiale !
-Il est innocent, chef, on ne peut pas le fusiller.
-Vous refusez, sergent ?
-Oui, je refuse de faire tuer ce gars là, je refuse de l'assassiner !
Bennit transpirait. Jamais on n'avait contredit l'un de ses ordres. Sa main se crispa lentement sur la crosse de son arme...Les hommes assistaient en silence à l'affrontement. Tous savaient que le chef de la sécurité allait tuer leur sergent. En un éclair Bennit dégaina le pistolet nickelé et le pointa sur le front du sergent incapable de faire le moindre mouvement. La déflagration résonna longtemps dans l'air tiède. Bennit s'effondra, la moitié du visage emportée par la balle du fusil d'assaut encore fumant que tenez Humbert, l'air froid et résolu.
- Au moins sergent, cette fois vous avez une raison valable de m'arrêter...
Aucun des hommes ne bougea. Ils sentaient tous la gravité de l'instant, sa portée sur leur vie future.
-Qu'est-ce qu'on fait sergent ?
-On rentre... on dira que Bennit a été tué dans le tremblement de terre. Je ne sais pas si vous

pensez comme moi, mais je crois bien que le petit a eu raison. Le chef était cinglé, si Humbert ne l'avait pas descendu, à l'heure qu'il est, c'est moi qui serait mort. On est tous d'accord les gars, Bennit a disparu dans un trou, écrasé par des rochers. Si l'un de vous parle, on y passe tous. Ce sera notre secret et il faudra le garder à vie...allez, deux hommes pour l'enterrer.

La terre reprenait Bennit, l'avalant un peu plus à chaque pelletée lancée par les soldats. Quand tout fut fini, le sergent posa quelques cailloux sur le sol meuble, rendant à l'endroit son aspect initial. Bennit avait effectivement disparu, plus rien ne témoignait de l'incident fatal. Les hommes reprirent leur chemin - moins vite, car Humbert boitait - l'image ensanglantée de leur chef collée à jamais au fond de leur mémoire.

V

Depuis dix minutes, l'éclairage subissait de brusques changements d'intensité et l'ensemble du panneau de contrôle s'était mis automatiquement en sécurité. L'écran du moniteur principal qui fonctionnait sur une alimentation autonome indiquait que la panne semblait provenir des générateurs du sous-sol. Le technicien de surveillance, perplexe, revérifia toutes les connexions des armoires électriques. Un tel problème ne s'était jamais produit. Il décrocha son téléphone, en vain, aucune tonalité. Vaguement angoissé, il se retourna pour se trouver nez à nez avec Log et Horden, l'air goguenard de ceux qui ont fait une bonne farce.
-Etonné, non ?
-Qui êtes-vous ? que...
-Silence, mon vieux ! ou tu vas avoir de gros ennuis...tu vas simplement répondre à nos questions, compris ?
-Oui.
Horden l'attacha solidement avec les câbles téléphoniques qu'il venait d'arracher du pupitre.
- *Bon,* poursuivit Log, *d'ici tu peux contrôler l'ensemble des portes magnétiques de « la pyramide »* et *l'armurerie du palais présidentiel, çà je le sais. Mais peut-on*

déconnecter directement les sas des réserves d'armes de chaque poste de quartiers ?
- Oui, mais il faut le code d'autorisation d'accès. Je ne peux le recevoir que du président ou du chef de la sécurité.
- Bien, alors tu vas le demander au président.
-Vous êtes fous ! A cette heure, le président dort, et de toute façon, il me faudrait une raison sérieuse pour ouvrir les sas.
-Ne t'inquiètes pas pour la raison. Tu vas lui dire que les rebelles ont envahi la ville, qu'ils ont investi tous les quartiers, avec l'aide d'une partie de la population, et qu'il faut faire vite pour armer les soldats.
-Il ne me croira jamais, il va demander des vérifications aux postes de garde.
-Il ne pourra pas mon vieux, nous avons saboté toutes les lignes du central, personne ne peut plus communiquer dans la Ville.
-C'était donc vous, la panne...
-Touché, c'était nous. Tu peux l'appeler par sa ligne personnelle, celle là n'a pas été coupée. Fais vite, mon ami risque de perdre patience.

Le technicien jeta un coup d'oeil vers Horden qui jouait calmement avec son poignard dont la lame aiguisée lançait des éclats d'acier sous les néons. Le spectacle acheva de le convaincre. Il composa le numéro direct du président.

***

Chaque groupe s'était introduit dans la Ville, à la faveur de la nuit et d'un orage torrentiel. Poca apprécia l'aide imprévue des éléments, la nature s'alliait à lui, il en était sûr. Les rondes nocturnes des soldats se firent rares ce soir là, visiblement ils n'aimaient pas l'eau...Son plan fonctionna comme prévu, les contacts avec les quartiers se passèrent sans problèmes, simplement les habitants concernés furent-ils ahuris par l'organisation des "résisteurs". Pendant les cinq jours qui suivirent, chaque détail de l'insurrection fut peaufiné, chaque attaque des postes de garde répétée avec minutie. Tout était enfin prêt. Poca rassembla une dernière fois les responsables des quartiers et ses propres hommes.

-Ce soir, vers vingt et une heures, la sirène du palais présidentiel sonnera. Elle marquera le début de notre action. Les sas des réserves d'armes seront ouverts dans chaque poste de garde, vous n'aurez qu'à vous servir. Tentez de maîtriser les soldats plutôt que de les tuer, ils peuvent se rallier à nous. Evitez toute violence inutile, nous sommes des libérateurs, pas des conquérants et l'on ne construit pas un monde juste sur des tas de cadavres... Voilà, mes amis, souhaitons-nous bonne chance.

***

En écoutant les explications embarrassées du technicien, Chandor avait senti un frisson désagréable le parcourir. Il hésita quelques instants à transmettre le code d'accès, devinant une possibilité de piège, mais ses soldats avaient besoin des armes, sa décision fut rapide:
- Je vous donne le code d'accès, notez le bien.
Il égrena une suite de chiffres et de lettres que le jeune homme tapa directement sur son clavier. Tous les sas électroniques des dépôts d'armes étaient déconnectés.
Chandor reposa le combiné et appela le majordome.
- Déclenchez l'alerte maximale. Je veux que tous les hommes disponibles dans le palais et la caserne soient prêts dans les plus brefs délais.
Il se rassit pour réfléchir. Il avait redouté ce moment depuis si longtemps qu'il se sentait presque soulagé de savoir que l'heure de la confrontation avec Poca était venue. Le hurlement de la sirène le coupa net dans ses réflexions. La guerre commençait.

VI

Les faubourgs de la Ville résonnaient des clameurs du combat. Chaque intersection de rue s'était transformée en barricade d'où les insurgés surgissaient comme une marée puissante, se ruant arme à la main vers les poches de résistance des soldats. Les premières heures avaient vu la prise de tous les postes de garde périphériques, pratiquement sans heurts. Leurs occupants s'étaient rendus sans lutte, ahuris par la soudaineté et l'efficacité de l'entreprise. Au cours de la nuit, la bataille se déplaça vers le centre ville, défendu avec rage par la garde présidentielle. Les mille hommes de l'unité d'élite s'étaient retranchés autour de l'académie militaire, du palais et de l'immeuble de verre pyramidal. La situation s'enlisait d'heures en heures. La fatigue et les pertes de plus plus lourdes entamaient le moral des insurgés, dont le manque d'expérience se heurtait à l'implacable machine de guerre de Chandor. Poca appela Hamaris.

- Nous ne pourrons pas maintenir la pression longtemps. Les hommes sont harassés. Il faut créer un choc, casser leur lassitude. Nous passons à la suite des opérations, contacte Log et Horden. Qu'ils fassent sauter la pyramide. C'est notre seule chance de créer une faille, un doute dans l'esprit de Chandor.

Je le connais bien, il faut le pousser à négocier un arrêt des combats, une sortie honorable pour lui et les siens. Je sais à quoi tu penses, ne t'inquiète pas pour eux, Log connaît bien les lieux, ils sauront s'en sortir. Aie confiance. Le plein soleil de midi marquera notre victoire et la fin de Chandor

La sensation furtive d'une présence en lui fit sourire Log. Il connaissait bien cette petite chaleur qui naissait en haut de son crâne pour se laisser glisser derrière ses paupières à demi closes. Il fit durer l'exquise intrusion quelques instants puis s'abandonna à l'esprit d'Hamaris.

- Log, nous avons pris tous les faubourgs, des milliers de leurs soldats se sont rendus, mais la garde résiste en centre ville, autour de vous. Poca veut que vous passiez au sabotage de la pyramide, maintenant. Fais attention, je t'en prie, tu sais combien je t'aime...

L'émotion tenaillait Log. Il ne put que renvoyer l'image d'une prairie tranquille et verte, leur vision commune du paradis perdu, ivres d'eux mêmes après l'amour...

- Horden, nous devons faire sauter l'immeuble.

- Et lui, on en fait quoi ?

Il montrait le jeune technicien, toujours ligoté.

- On l'emmène, il pourra nous être utile.

Les deux hommes quittèrent la cave où ils s'étaient réfugiés depuis la veille. De leurs sacoches en bandoulière, ils mirent à jour des

pains d'explosifs et des détonateurs. Log se souvenait que la construction reposait sur quatre piliers de béton profondément ancrés au sol. Il suffirait de déposer des charges assez puissantes pour que l'explosion fasse s'écrouler l'ensemble de verre et d'aluminium. Ils placèrent trois charges par pilier et réglèrent les détonateurs à vingt minutes. Log s'approcha du prisonnier:
- *Si tu ne veux pas finir ici, tu nous montres une sortie sûre, on est d'accord ?*
- *Suivez-moi, l'un des sous-sols mène dans les garages du palais, normalement il ne sont pas gardés.*
- *Tu crois qu'on peut lui faire confiance ?* demanda Horden.
- *De toute façon, on n'a pas le choix. Allez, en route, ici dans vingt minutes, ce sera l'enfer.*

***

Les mains croisées reposant sur la nappe de cuir fauve du bureau, Chandor sondait en lui la force restante. Ses doigts serrés comme dans un étau blanchissaient aux jointures, il aspirait les dernières gouttes de cette substance qui des années durant, avait fait de lui le maître incontesté de la Ville. Mais la source tarissait, il le sentait bien, une énergie plus forte que la sienne répandait partout les prémices de sa fin.

L'ombre d'un passé lointain se dessina dans les songes du président, une ombre qui le hantait et qu'il avait cru pouvoir gommer au cours des ans sans jamais l'effacer totalement. Certaines nuits, elle le tenait éveillé jusqu'au matin, puis elle disparaissait avec l'aurore. L'ombre de Poca. Tenace et pourtant si légère, elle imprégnait chaque instant de sa présence insoutenable. Ces nuits là, Chandor hurlait, suppliait, puis retombait dans une espèce d'inconscience chaotique ponctuée de douleur et d'effroi. Ces nuits là, il lui semblait que la mort elle-même soufflait sur lui son haleine d'outre monde, expirant une froideur qui le glaçait jusqu'aux os. Ces nuits là, Chandor se souvenait, luttant pied à pied pour expulser de sa mémoire les bribes de souvenirs qui inlassablement revenaient l'habiter. L'ombre de Poca. Poca le juste, Poca l'inaltérable, Poca son double et son contraire. Poca. Son frère.

***

L'édifice parut décoller, soulevé sur lui-même par un souffle de feu. Les milliers de vitres éclatèrent sous l'effet conjugué de la chaleur et de l'onde de choc, projetant une multitude de lames brûlantes sur les soldats de la garde. Un capitaine tenait sa gorge ouverte entre ses mains, les yeux exorbités par la souffrance. Les hommes les plus proches de l'explosion se couvrirent en une seconde d'une profusion de striures rouges, leurs vêtements arrachés et hachés par les éclats du verre les laissant nus, écorchés vifs. Les insurgés lancèrent leur dernier assaut, un vague mouvante qui roulait vers les rescapés de la garde dans un élan destructeur. Le corps à corps qui suivit fut aussi violent que bref. Submergés par le nombre, les hommes de Chandor ne purent que refluer vers la cour du palais où ils se retrouvèrent encerclés. A ce moment, la fenêtre du premier étage s'ouvrit, laissant apparaître sur le balcon la silhouette voûtée du président.

- *Soldats, votre dévouement m'émeut autant que votre courage, vous restez les seuls amis sûrs auxquels je pourrais confier mon existence. Aussi, je vous demande l'inadmissible pour une élite telle que vous, je vous demande de cesser le combat. Ce sera mon dernier ordre et je veux que tous vous le respectiez, vous vous rendrez dans l'honneur et dans la dignité. Je sais combien ce sera dur pour vous, quel sacrifice cela représente. Devant l'adversité qui nous frappe, je vous demande de rester tels que vous avez toujours su être: des soldats. Rompez, et rendez vos armes.*

Derrière Chandor, dans l'embrasure de la fenêtre, Horden pointait le canon du fusil d'assaut vers la nuque du président, tandis que

Log surveillait l'entrée. Leur fuite dans les sous-sols les avait effectivement menés dans le garage du palais. De là, ils avaient pu monter sans encombre à l'étage présidentiel. Au passage, Horden avait enfermé le jeune technicien dans les toilettes du palier, le menaçant d'une mort horrible s'il tentait d'appeler ou de s'enfuir. Le garçon trouvant qu'il s'en sortait à bon compte, resta sagement à sa place. L'explosion les fit tressaillir, leur comprimant brutalement les tympans. Ils mirent plusieurs minutes à récupérer, avalant leur salive et déglutissant avec peine. Log avait l'impression que sa tête allait éclater. Quand ils pénétrèrent dans le bureau de Chandor, ils trouvèrent un homme visiblement perdu, de grands cernes de fatigue lui enfonçant les yeux profondément dans les orbites.

- Inutile de dire ce que vous voulez dire, Monsieur Pinson. Je suis au bout, voyez-vous, et ma décision est prise. Je vais demander à mes hommes de se rendre. Trop de sang versé en vain, trop de douleur...je me suis peut-être attendri avec l'âge, qui sait ?

- Levez-vous Chandor, et sortez sur le balcon, au moindre geste déplacé, Horden vous fait sauter la tête...

- Je me moque de la mort maintenant, vous savez, je suis sincère quand je vous dis que l'odeur du sang m'écoeure autant aujourd'hui

qu'elle a pu m'exciter autrefois. Baissez donc ce fusil, je ne suis qu'un vieillard qui se rend...
- Assez de discours, Chandor, sortez, et parlez leur. Vite.
En entendant le président demander la reddition à ses troupes, Log s'appuya au chambranle de la fenêtre, laissant fuser entre ses lèvres un soupir de soulagement. Ils avaient réussi, la bête agonisait.

***

Poca entra dans la pièce, l'emplissant brusquement d'une tension bizarre. Log regarda Horden et lui fit signe qu'ils devaient sortir.
- Merci, Log. Horden et toi, vous pouvez m'attendre à l'extérieur, j'ai peu de choses à dire à Chandor, ce ne sera pas long.
Les deux hommes se fixaient en silence, chacun cherchant chez l'autre une faille, deux escrimeurs attendant ce moment subtil où dans une attaque foudroyante l'épée touche au but, traversant une garde qui paraissait parfaite...Chandor lâcha prise:
- Te revoilà donc, si longtemps après. Tu viens en vainqueur, Poca. Je ne peux qu'admirer ton entêtement et ton courage. Tu m'as vaincu, mieux, tu as vaincu mes rêves, que veux-tu de plus ?

Poca se taisait. Face à Chandor, il observait ce visage carré et tonique qui trahissait la volonté du pouvoir, mais il percevait derrière les traits encore fermes une lassitude, un renoncement. Des années durant, il avait imaginé cet instant, construisant avec patience et minutie l'outil de sa vengeance. A présent, toute trace de haine semblait l'avoir quitté, il constatait simplement la réussite de ses projets. Un monde neuf naissait, balayant douze années sans mémoire. En regardant Chandor, Poca pensa que la mise à mort n'aurait pas lieu. Il sortit un revolver et le posa avec un bruit mat sur le bureau.

- *Tu m'honores, Poca. Tu me laisses le choix de ma mort, jusqu'au bout, mon frère, jusqu'au bout, tu auras été le plus fort, le plus digne. Parle-moi, dis moi seulement quelques mots, je t'en prie.*
- *Adieu, Chandor.*

En trois pas, Poca fut à la porte. Il se retourna sur Chandor, s'imprégnant une dernière fois du visage de son frère. Un tremblement nerveux parcourait ses lèvres mais aucun son ne s'échappa. La porte refermée, Poca sourit à Log et à Horden qui l'attendaient en haut de l'escalier. Le coup de feu retentit à la cinquième marche, trouant définitivement le mur des années noires.

VII

La Ville se vidait de ses habitants en de longs cortèges bariolés qui s'élonguaient vers la campagne dans toutes les directions. L'hémorragie dura une semaine entière, laissant la grande cité exsangue et muette. Le lendemain de la mort de Chandor, Poca avait invité la population à partir, à tout quitter pour reconstruire librement leur vie dans des villages ou des bourgs à taille humaine. L'entreprise prendrait du temps, beaucoup de temps, mais le temps est un ami, un allié sûr qui sème l'espoir. Ils quittèrent tout, remplis d'une vitalité qui les portaient, ils se sentaient les maillons d'une chaîne vivante intimement liée à la terre qu'ils ensemenceraient à nouveau de leur mémoire. La vie coulait dans leurs veines, irriguant avec force les moissons du futur.

***

L'ombre du grand orme gigotait souplement sur la terre sèche. Elle offrait une fraîcheur paisible dans laquelle Log et Hamaris se laissaient aller avec paresse. Depuis leur retour au village, ils avaient entrepris de reconstruire les capteurs solaires, les maisons de bois, le four à pain. Poca et Mégi, Horden et une vingtaine de familles les avaient suivis, redonnant au village initial le rythme d'avant. La rivière coulait désormais en dédoublant son cours dans la longue faille né du séisme. En opposant sa barrière liquide aux flammes, elle avait empêché l'incendie de détruire cette partie de la forêt, préservant ainsi les restes du village et l'entrée de la grotte. Log s'était longtemps demandé s'il lui fallait revenir, ou s'il devait partir avec Hamaris pour rebâtir ailleurs la communauté. Mais la nécessité de continuer l'oeuvre de Moc l'avait submergé: il serait le gardien de la mémoire, le continuateur du grand travail. Chaque matin, depuis que le générateur refonctionnait, il s'asseyait devant l'écran et il se souvenait, torrent d'images et de sons, de mots et de chants, il se souvenait et écrivait. Le reste de la journée passait aux travaux du village et aux repas communs. Il s'enracinait, pénétrant la terre de sa conscience, attentif au moindre de ses soupirs. Il enracinait sa force loin dans le coeur des choses, tissant au gré du vent sa toile de certitudes solidement soudées par l'amour d'Hamaris.

La vie. La durée. L'être.

*Achevé d'imprimer au mois de novembre 2009
par Books on Demand GmbH, Norderstedt, Allemagne.*